KB260952

비판의 기술

비판의 기술

비판의 기술

바바라 베르크한 지음 | 이혜원 옮김

비판의 기술

펴낸날　2003년 10월 10일
지은이　바바라 베르크한
옮긴이　이혜원
펴낸이　이숙경
주간　권태현
기획위원　이흔복
편집　신승철 김혜정 이영란
디자인　이파얼 임용순
마케팅　강진호
관리　박순덕
펴낸곳　이가서
주소　서울시 마포구 서교동 330-1 2F
전화　02-336-3502~3 ｜ 팩스　02-336-3009
이메일　leegaseo@naver.com
등록번호　제10-2539호

ISBN 89-90365-30-9 03850

가격은 뒤표지에 있습니다.

비판은 동전의 양면과 같다

커뮤니케이션 전문가로서, 나는 오랫동안 효과적이면서도 원활한 의사소통방법을 연구해 왔다. 특히 나의 관심을 끄는 부분은 대화 중에 발생할 수 있는 어렵고, 혼돈스러우며, 곧잘 함정에 빠지곤 하는 상황들이다. 그리고 이런 몇 가지 요소가 동시에 나타날 때 상황은 점점 더 흥미진진해진다. 남을 비판하는 입장이건 남에게 비판을 받는 입장이건 그 자리가 많은 사람에게 힘든 자리임은 분명하다.

업무 차원에서 적절한 피드백의 중요성은 익히 알려진 사실이다. 이는 회사 내의 업무 협조를 위해서는 물론이고 고객이나 거래처와의 접촉을 위해서도 예외는 아니다. 이제 비판 능력은 중요한 자질로, 피드백을 주고받는 것은 일종의 기술로 받아들여지고 있는 추세다.

원론적인 얘기나 장황한 이론보다는 독자 여러분에게 실질적인 방법을 전달하는 것이 보다 중요하다는 생각에서, 누구나 흔히 겪는 불만들을 예시하면서 이야기를 시작하고자 한다.

"남들이 불평분자로 오해할까 봐 함부로 다른 사람을 비판하지 못하겠어요. 상대방의 기분을 상하지 않게 하면서 비판할 수 있는 방법은 없을까요?"

"사장에게 이미 결정된 업무는 미리 좀 알려줄 수 없냐고 따지고 싶어요. 하지만 사장한테 그런 말을 했다가 불이익을 당하면 어쩌죠?"

"비판을 견딜 수 없어요. 도대체 난 왜 이렇게 쉽게 상처받는 걸까요?

"전적으로 부당한 지시를 받을 때 어떻게 해야 할지 난감해요.

"내 나이가 벌써 마흔둘인데, 어머니는 아직까지도 내가 하는 일이나 내가 사는 방식을 간섭하려고 들어요. 어머니가 사사건건 내 인생에 끼어들지 못하게 할 좋은 방법이 없을까요?"

　나는 이러한 질문과 상황들을 좋아한다. 이러한 질문들로 미루어 볼 때 비판이라는 주제는 스트레스 투성이인 우리 삶의 문제임을 알 수 있다. 이는 우리 일상생활, 우리가 함께 살아가고 함께 일하는 사람들의 문제다. 나는 이 같은 질문을 포함한 많은 질문에 대해 크게 세 장으로 나누어서 그 해답을 찾아가고자 한다.

　나는 여러분이 이 책을 항상 끼고 다니며 틈틈이 읽기를 바란다. 비판이라는 주제는 동전의 양면 그리고 동전의 테와 같다. 한 면이 타인에 대한 비판이고. 다른 한 면이 타인으로부터 받는 비판이라면 테두리는 자기 자신에 대한 비판, 즉 스스로 하는 자아 비판이다. 여러분이 이 세 가지 주제 중 하나에만 관심이 있다고 하더라도 처음부터 끝까지 읽기를 권한다.

　이 책은 내용상 서로 유기적으로 연결되어 있어서 세 장이 모두 모여야 하나의 완전한 이야기가 구성되기 때문이다. 예를 들어 남을 비판하는 데 어려움이 있는 사람은 비판을 받아들일 때도 마찬가지로 어려움을 겪는다. 이런 경우 그 이면을 들여다보면 냉혹한 자기 비판에 시달리고 있는 경우가 허다하다.

사람의 유형은 매우 다양해서, 대부분 이 책에서 제시되는 대화 기법을 자신에 맞춰 적잖이 수정해야 할지도 모른다. 공식과 같이 구체적인 내용을 제시한 부분에서 특히 그렇다.

또한 글 중에 인용한 사례들도 마찬가지다. 그렇다고 각자의 독특한 화법을 뜯어고치라는 것이 아니다. 여러분은 십중팔구 내가 이 책에 써 놓은 것과는 다르게 표현할 것이다. 어휘는 늘 쓰던 것을 그대로 쓰되 자신에게 맞도록 전체 내용을 전달하면 된다.

나는 이 책을 통해 배우기 쉽고 간단한 기법을 여러분에게 제시할 뿐이다. 몇 년 동안 매달려야 하는 내용이 전혀 아닐 뿐더러, 그중 몇 가지는 여러분이 이미 실천해 오고 있는 것일 수도 있다. 이것들은 단순히 일상생활에서 벌어지는 일들이기 때문이다.

본문에서 쓸모 있다고 생각되는 내용을 찾았다면 하나도 빼먹지 말고 자신에게 적용해 보기를 바란다. 그러나 모든 조언이 그렇듯이, 받아들이기 전에 충분히 그만한 가치가 있는지 검토하는 게 좋다. 마치 음식물을 삼키기 전에 꼭꼭 씹어야 하듯이. 그리고 여러분에게 맞지 않는 내용은 과감히 버려라.

책을 읽는 동안에도 그리고 이를 적용할 때에도, 많은 도움이 되기를 바란다.

바바라 베르크한

진정한 비판은 새롭고도 개선된 방향으로 길을 열어준다. 진정한 비판에는 결점투성이의 대화 방식과 구분되는 완성도 있는 대화 방식이 필요하다. 우선 비판이 그 실효를 거두려면, 상대방에 대한 절대적인 존경심을 잃지 않아야 한다는 게 철칙이다. 이를 전제로 할 때 비로소 비판받는 대상을 깎아내리지 않고 오히려 상대방을 비옥하게 만들 수 있다.

Kritik üben:

Wie Sie ein Feedback geben,

ohne den

anderen zu verletzen

제 1 장

남을 비판하는 기술

상대방에게 상처를 주지 않으면서 피드백을 주려면 ■ 할인 쿠폰 모으기 ■ 사소한 불만이 쌓여서 넘치려고 할 때 ■ 불만이 있으면 직접 말하자 ■ 상대방이 기꺼이 들어줄 수 있는 부탁 ■ 적당한 말을 찾는 방법 ■ 대화 전략 : 불편하고 화나는 일들을 직접 말하는 방법 ■ 마음의 상처를 입힐 위험성, 이렇게 줄이자 ■ 화를 가라앉히려면 ■ 대화 전략 : 흥분된 감정을 다스리는 방법 ■ 남을 비판할 때 가장 많이 하는 실수 ■ 좋은 비판은 작은 예술품이다 ■ 대화 전략 : 상대방의 마음을 다치지 않고 비판에 성공하는 방법 ■ 칭찬도 연습이다 ■ 상사를 비판하는 일, 이렇게 하면 쉽다 ■ 대화 전략 : 신중하고 예의 바른 피드백 ■ 암시로는 상대방을 이해시키기 어렵다 ■ 상사에게 모멸감을 주지 말라 ■ 비판이 실효를 거두지 못하는 이유

Kritik üben :
Wie Sie ein Feedback
geben,
ohne den
anderen zu verletzen

상대방에게 상처를 주지 않으면서 피드백을 주려면

할인 쿠폰을 수집하는 과정에서 좋은 관계는 서서히 삭막하게 변모해 간다.
우리는 이처럼 파괴적인 과정이 어떻게 진행되는지 자세히 알아볼 필요가 있다.

남을 비판하는 게 내게도 가끔은 버거운 일임을 인정한다. 내 경우는 누군가로 인해서 생긴 불만을 속으로 삭이고 마는 부류에 속한다. 밖으로 내색은 하지 않지만 마음속이 화로 들끓고 있는 사람들, 큰소리를 내서 불평을 터뜨리는 대신 말없이 토라지는 그런 성격의 사람들 말이다.

그러니 주위 사람들은 자기 주변에서 언제 터질지 알 수 없는 화산이 이글거리고 있다는 사실을 전혀 눈치채지 못하고, 만사가 잘 돌아가고 있다고 믿을 수밖에.

나는 비판은 좋은 관계를 유지하기 위한 행동이며, 결코 잘못된 태도가 아니라는 사실을 깨닫는 데 몇 년이나 걸렸다. 실제로 나를 화나게 만든 일을 마음에 담아두었다가, 상대방을 공략하는 일이 내게는 결코 쉽지 않다. 그러니 으레 이런 일들을 묻어두기에 급급할 수밖에. 덕분에 나는 평화로운 인간관계가 우선이라는 신조하에 나와 같은 방식으로 인간관계를 유지하려는 사람들의 마음을 누구보다도 잘 헤아릴 수 있다.

심리학 용어로 '할인 쿠폰 수집'이라는 것이 있다. 전혀 해가 없는 행동처럼 들리지만 실제로는 그렇지 않다. 이것이야말로 파괴적인 과정 그 자체다. 할인 쿠폰을 수집하는 과정에서 좋은 관계는 서서히 삭막하게 변모해 간다.

따라서 우리는 이처럼 파괴적인 과정이 어떻게 진행되는지 자세히 알아볼 필요가 있다. 어떤 위험이든 제대로 알고만 있다면 미연에 방지할 수 있기 때문이다.

할인 쿠폰 모으기

시기가 문제일 뿐 쿠폰 용지는 결국 채워질 테고 그러고 나면 결산의 순간이 찾아온다.
차곡차곡 쌓아온 불만과 분노는 한꺼번에 모습을 드러낸다.

이 용어를 들으면서 여러분은 실제 할인 쿠폰(요즘은 캐쉬백이나 보너스 포인트라는 표현을 주로 쓰지만)을 먼저 떠올릴지도 모른다.

어린 시절 나는 할머니 댁을 방문하는 일만큼이나 할머니가 모아 놓은 할인 쿠폰을 좋아했다. 할머니는 식료품 가게에서 돈을 지불할 때마다 잔돈과 함께 스티커가 붙은 길쭉한 종이 쪼가리를 받곤 하셨다. 그것은 꼭 우표처럼 보였다. 집으로 돌아오면 할머니는 부엌 선반에서 쿠폰 용지를 꺼내서 내게 건네주셨다. 그러면 나는 침을 발라서 쿠폰을 그 용지에 붙이곤 했다. 그리곤 용지가 스티커로 채워지면 할머니는 새것으로 교환해 오셨다. 그 당시 다 채운 쿠폰 용지로 할머니가 어떤 사은품을 받았었는지 기억은 나지 않는다. 어쨌든 할머니는 완전히 비어 있는 쿠폰 용지를 새로 가져오셨고 내게 다시 쿠폰 붙일 권한을 주셨던 것만은 분명하다.

심리학에서 말하는 할인 쿠폰 수집 역시 이와 유사한 기능을 한다. 물론 그렇게 즐거운 일이 아니라는 점을 빼면 말이다. 여러분이 마음속에 보이지 않는 쿠폰 용지를 지니고 있다가 다른 사람의 실수를 거기에 하나씩 모은다고 상상해 보자. 여러분과 가까운 사람들이나 늘 좋은 관계를 유지해야 하는 사람들이 저지르는 실수 말이다. 여러분은 자신의 눈으로 볼 때 실수로 여겨지는 것들을 모으지만 밖으로 내색은 하지 않는다. 상대방이 전혀 눈치채지 못하는 사이, 실수 하나하나가 마음속 용지에 세세히 기록되는 것이다.

여기서 할인 쿠폰 수집이 직장에서 어떤 기능을 하게 되는지를 보여주는 전형적인 예를 하나 들어보겠다. 내 세미나에 참석한 카린이라는 여성의 경험담이다. 카린이 들려준 내용은 매우 인상적이었다. 그녀 말로는 처음부터 상대방에게 나쁜 감정이 있지는 않았다고 했다.

그녀는 10년 넘게 한 사무실에서 근무하고 있었는데, 직장 동료들과 전반적으로 무난하게 지내는 편이었다. 그런데 두 달 전부터 신입 여사원과 사무실을 나눠 쓰는 상황이 되었다. 처음에 카린은 이 신참 사원이 싹싹하다고 생각했다. 그러나 시간이 흐르면서 그녀의 생각은 바뀌기 시작했다.

카린의 말을 빌자면 사태는 이랬다. 그 여사원은 커피 마시기를 즐겼다. 그러나 포트에 남은 커피를 몽땅 따라서 마신 다음에도 끓여서 다시 채워놓는 법이 없었다.

카린은 불평 없이 커피를 새로 끓였다. 그렇다고 없던 일로 될 수는 없었다. 물론 이 사건은 카린의 쿠폰 용지에 기록으로 남았다. 바야흐로 쿠폰 수집의 시대가 열린 것이다. 달리 표현하자면 불만 사항을 발설하는 대신 마음속에 담아두기 시작한 것이다.

그리고 이틀 뒤 카린이 잠시 화장실에 간 사이 그 여사원이 그녀의 책상 위에 놓여 있던 소형 계산기를 허락도 없이 살짝 들고 가는 일이 발생했다. 이때도 그녀는 전혀 내색하지 않았고 대신 마음속 용지에는 스티커 하나가 새로 추가되었다. 물론 그녀가 도로 갖다 놓았다고 하더라도. 실제로 이처럼 하찮은 일들로 인해서 서로 조화를 이루어나가야 할 관계에 틈이 벌어지기 일쑤다.

이런 식으로 쿠폰 수집은 계속되었다. 며칠이 지나자 카린은 그 여사원이 라디오를 들으면서 일하기를 좋아한다는 사실을 알게 되었다. 그러나 카린 자신은 온종일 단조로운 음악 소리가 배경음으로 깔리는 걸 좋아하지 않았다. 그녀는 이번에도 역시 침묵을 지켰다.

매일 이런 식으로 카린의 쿠폰 용지는 빠른 속도로 채워져갔다. 물론 밖으로는 모든 일이 잘 돌아갔으며 잡음 하나 없이 평화로웠다. 용지가 쿠폰으로 꽉 차서 새것으로 교환해야 하는 날까지는 말이다.

시기가 문제일 뿐 쿠폰 용지는 결국 채워질 테고. 그러고 나면 결산의 순간이 찾아온다. 차곡차곡 쌓아온 불만과 분노는 한꺼번에 모습을 드러낸다. 마지막 스티커를 붙이는 순간 이미 폭발 준비는 끝난 셈이다.

카린의 경우 감기로 심하게 앓으면서도 사무실에 출근한 날이 바로 그날이었다. 그녀는 자리를 지키고 있기는 했지만 목에 두툼한 목도리를 감은 채였고 머리도 지끈거리는데다가 코까지 연신 풀어대는 최악의 컨디션이었다. 그때 마침 신참 사원이 점심식사를 마치고 돌아왔다. 그녀는 공기가 탁하다고 툴툴거리더니 환기를 시킨다면서 창문을 양쪽으로 활짝 열어젖혔다.

이 환기 사건이 카린에게는 마지막 쿠폰이었다. 그녀는 드디어 그 여사원에게 코맹맹이 소리로 목청을 높이기에 이르렀다. 그녀는 그

동안 모아둔 쿠폰들을 들이밀며 마구 퍼부었다. 분별력 없고 뻔뻔스러운 인간이라고.

처음에는 몹시 놀라고 당황하는 듯했지만, 그 신참 사원은 금세 사태를 파악했다. 그리고 그녀 역시 마음속에 담아두었던 쿠폰 용지를 들이밀었다. 카린에 대한 불만 사항들을 부지런히 기록해 둔 용지를 말이다. 이런 식으로 두 사람은 서로를 비난하는 데 열을 올렸다. 몇 주, 아니 몇 달 동안 감추어두었던 사소하기 그지없는 일들 때문에.

두 사람 사이의 평화롭게 보이던 공조 관계는 이렇게 막을 내렸다. 이들은 더 이상 같은 사무실에서 근무하기를 원치 않았다. 다른 사원들은 한결같이 이 격렬한 싸움에 놀라움을 감추지 못했다. 사정이야 어찌 됐든 이 두 사람은 이제껏 한 공간에서 잘 지내는 모습을 보여왔으니까.

사소한 불만이 쌓여서 넘치려고 할 때

작은 일들을 오랜 시간 드러내지 않고 차곡차곡 쌓으면
걷잡을 수 없는 사태로 발전되기도 한다

쿠폰 수집은 위의 경우와 같이 항상 동일한 과정을 거친다. 우선 자신의 신경을 거슬리는 일에 대해 어떤 언급도 하지 않는 것이 과정의 시작 단계다. 불만 사항은 극히 사소한 일인 경우가 허다하다. 바로 그 점 때문에 사람들은 침묵하는 쪽을 택한다. 하지만 있었던 일은 없어질 수 없을 뿐더러 결국 불만으로 남게 된다. 사태를 직접 비난하지는 않지만 용서하거나 잊지는 않는다는 얘기다. 이제 불만은 마음에 쌓이고 기억 속에 저장된다.

할인 쿠폰 수집가들은 소위 상냥한 성격의 소유자들이다. 험한 말은 도통 입 밖에 내지 않는다. 하지만 막상 당사자가 자리를 비우면 그에 대해 험담을 늘어놓는다. 시간이 흐를수록 불만 사항들은 이런 억압된 방식으로 점점 쌓여간다.

물론 하찮은 일이 발단인 경우가 대부분이다. 불만이 쌓여서 넘치는 순간까지 한동안 이 과정은 지속된다. 그러다가 사소한 사건 하나가 보태지는 그 순간이 바로 폭발의 순간이다. 불만을 너무 쌓아놓기만 한 결과 넘치고 만 것이다.

이제 정식으로 얘기한다거나 정상적인 심리 상태에서 대화한다는 건 기대할 수 없게 된다. 가차없는 결산의 순간이 찾아온 것이다. 객관적인 대화라고? 천만에 말씀. 한쪽이 일방적으로 비난을 퍼부으면 대개의 경우 상대방은 비난으로 응수하기 마련이다.

제3자들은 이 사태가 아주 작은 일에서 비롯됐음을 금세 눈치챈다. 이런 작은 일들을 오랜 시간 드러내지 않고 차곡차곡 쌓아온 결과 걷잡을 수 없는 사태로 발전되었음을 말이다.

폭발의 순간, 그동안의 우정은 모두 끝나버린다. 당사자들이 부부라면 결별을 선언할 테고, 이웃이라면 변호사를 내세워서 법정 싸움을 향해 갈 일이다.

불만이 있으면 직접 말하자

기분 나쁜 일이든, 기분 좋은 일이든, 방해 요소든, 도움이 되는 요소든, 모든 것을
드러낼 용기가 있어야만 좋은 관계가 오래 지속될 수 있다.

여러분도 자신이 가끔은 쿠폰을 모은다는 사실을 인정할 것이다. 이는 걱정할 일은 아니다. 우리가 누군가를 사랑할 경우 또는 함께 생활하고 일한다는 이유로 그 상대가 우리에게 중요한 의미를 지닐 경우, 좋은 관계를 깨뜨리지 않으려고 말을 아끼는 일은 얼마든지 있을 수 있다.

비유하자면 먼지를 일으키거나 공기를 더럽히고 싶어하지 않는다는 얘기다. 그러나 이로 인해서 마음의 문을 걸어 잠그는 결과를 낳게 된다.

그렇다면 쿠폰 수집을 피할 수 있는 방법으로 어떤 게 있을까? 무

엇보다도 불만에 대해 침묵을 지키는 것이 관계를 개선 또는 유지하는 태도가 아니라는 사실을 이해할 필요가 있다.

기분 나쁜 일이든, 기분 좋은 일이든, 방해 요소든, 도움이 되는 요소든, 모든 것을 드러낼 용기가 있어야만 좋은 관계가 오래 지속될 수 있다.

말로 표현해야 하는 이유가 바로 여기에 있다. 신경을 거슬리는 일이 생기면 상대방에게 그 사실을 직접 말하라. 행동보다 말로 하는 게 더 쉽다. 자신의 불만을 숨기는 일에 익숙해진 사람이라면 그 자리에서 적절한 표현을 찾기 힘들 것이다.

그렇다면 자신의 기분이 상했다는 사실을 상대방에게 어떤 식으로 전달할 수 있을까?

상대방이 기꺼이 들어줄 수 있는 부탁

적당한 말로 자신의 불만 사항을 말할 수 있어야 한다. 자신의 불만을 오래 갖고
있지 않고 적절한 시기에 상대에게 드러내고 여유 있게 부탁해 보자.

뭔가 기분 상한 일이 생겼을 때 상대방에게 직접 말하는 것이 얼마나 쉬운 일인지 보여주고자 내 경험담을 예로 들어보겠다.

예전에 나는 퍽 오래된 건물에 세 들어 산 적이 있었다. 내 집 두 층 아래 1층에는 노부인 한 분이 살고 있었다. 그 노부인은 자신의 집 부엌 창가에 앉아서 바깥 세상을 구경하는 일로 소일하고 있었다.

어느 날 내게 좋은 생각이 떠올랐다. 내 자전거를 낮 시간 동안 노부인의 부엌 창밑에 세워두는 것이었다. 그렇게 되면 자전거에 열쇠를 채우지 않고도 마음을 놓을 수 있을 터였다.

당시 이웃 여자 하나가 내 자전거에 눈독을 들이고 있다는 게 내내

신경 쓰이던 참이었다. 뭔가를 가지러 잠깐 집으로 뛰어올라 갔다 올 때도 참 편했다. 게다가 여름에는 저녁 시간에도 자전거를 창고로 끌고 갈 필요 없이 그냥 노파의 부엌 밑에 세워두면 그만이었다.

하루는 내가 막 계단을 내려오고 있을 때, 1층에 사는 바로 그 이웃의 문이 열렸다. 노부인은 내게 인사를 건넨 다음 이렇게 말했다. "베르크한 부인, 부탁이 하나 있어요. 밤에는 자전거를 내 집 부엌 아래에 세워두지 않았으면 해서요. 도둑이 댁네 자전거 안장을 딛고 내 집 부엌으로 침입할까 봐 겁이 나서 그래요. 밤 시간에만 어디 다른 데 세우면 안 될까요?" "네, 그러죠." 그러자 그녀가 말했다. "이렇게 고마울 데가. 그동안 도둑 때문에 여간 신경이 쓰인 게 아니라서요. 정말 친절도 하시네. 자 그럼 좋은 하루 되세요."

나는 내 이웃이 소심한 사람이라는 생각을 했다. 자전거 안장 없이도 도둑은 얼마든지 부엌 창을 타고 들어올 수 있을 테니까. 하지만 그건 중요한 게 아니었다. 내 이웃은 내게 청을 했고 그것은 내가 들어주기에 무리가 없는 부탁이었다. 그때 이후로 나는 밤마다 노파의 부엌에서 3미터 가량 떨어진 곳에 자전거를 세웠다. 나나 자전거나 별 문제가 될 게 없었고, 내 이웃은 만족해했다. 문젯거리가 해결된 것이다.

위의 예는 소란 없이 쉽게 문제가 해결된 그야말로 성공적인 경우라고 하겠다. 이는 적당한 말로 자신의 불만 사항을 말할 수 있었기 때문이다. 내 이웃은 이런 점에서 완벽했다.

그녀는 자신의 불만을 오래 갖고 있지 않고 적절한 시기에 내게 드러냈으며 여유 있게 부탁하는 형식을 취했다. 이때 그녀는 공격적이지도 않았고 한탄조로 말하지도 않았다. 그녀는 친절했지만 동시에 단호했던 것이다. 바로 이 점이 나를 꼼짝 못하게 만든 셈이다.

그녀의 청을 들어주는 일이 내겐 힘들게 느껴지지 않았다. 상대로부터 한 방 얻어맞았다는 느낌도 들지 않았다. 그 노파가 나를 감시하고 있다거나 질책한다는 느낌 역시 없었다. 그래서 내가 그녀에게 항복할 수밖에 없었던 것 같다.

도둑이 내 자전거 안장 없이도 노파의 집으로 침입할 수 있느냐는 논외로 하고 말이다.

적당한 말을 찾는 방법

불필요한 언쟁이 발생하지 않도록 말을 고르자.
상냥한 태도를 유지하고 정중한 어조로 말하는 것 역시 중요하다.

쿠폰 모으기에서 손을 떼려면 이처럼 단순한 방법으로 자신의 불만을 표현하는 지혜가 필요하다. 그러기 위해서 먼저 비난이나 방해 같은 개념은 잊어버리자. 그 대신 다음과 같이 부탁의 의미가 실린 표현을 사용해 보자.

제 부탁 좀 들어주시겠어요?

소원이 하나 있는데요.

그게 가능할까요?

그럴 의사가 있다면 이런 부탁을 하게 된 이유 역시 밝히도록 한다. 하지만 될 수 있는 한 짧은 게 좋겠다. 여러분이 비난하거나 비아냥거리지 않고 부탁하는 식의 표현을 사용할 경우, 상대방은 억눌린다는 느낌을 받지 않는다. 그러면 자신이 바라는 대로 일이 해결될 가능성은 그만큼 높아진다. 작은 사건은 작게 해결하라는 게 그 원칙이다. 그러니 사소한 일을 큰 사건으로 만들지 말자.

친절한 부탁이나 소원을 들을 때, 우리는 그게 가능한 일일 경우 받아들이게 된다. 반대로 야단을 치거나 모욕을 주어서 정신이 바짝 나게 될 경우 기회는 달아난다. 불필요한 언쟁이 발생하지 않도록 말을 고르자. 상냥한 태도를 유지하고 정중한 어조로 말하는 것 역시 중요하다.

여기서 잠깐 직장에서의 쿠폰 수집, 즉 카린과 그녀의 동료 사원의 예로 되돌아가자. 그녀가 내내 수집해 온 쿠폰의 의미는 사실상 한 가지 소원이었을 것이다. 자신의 동료를 향한 한 가지 부탁 말이다.

그녀는 부탁하는 방식으로 어떤 점이 못마땅하고 또 어떻게 하고 싶은지를 상대방에게 밝혔어야 했다. 그러면 반대로 신참 사원 역시 자신의 불만과 바람을 말할 수 있었을지 모른다.

각자 그동안 불편했던 점들을 약속을 통해 자제하거나 절충하는 일이 그 다음 단계가 되었을 것이다. 그러나 그건 두 사람이 상대방에게 각자 바라는 바를 터놓고 이야기할 수 있을 때 얘기다. 각자 쿠폰을 모으는 대신 서로 대화를 했을 경우 가능한 일이다.

이것이 타인과 장기간 함께 일하거나 함께 생활하기 위한 최선책이다.

자기 할 바를 끝내고 나면 이제 대화 상대가 어떤 결정을 내리건 그건 그 사람 몫이다. 여러분의 부탁에 대해 상대방은 "yes"라고 답할 수도 "no"라고 답할 수도 있다. 그리고 이는 전적으로 개인의 기본적 자유에 속한다. 달리 표현하자면, 아무리 좋은 방향으로 일을 이끌어갔다고 해도 자신이 바라는 대로 상대방이 맞춰주리라고 백퍼센트 확신할 수는 없다는 뜻이다. 여러분은 자신에게 주어진 일, 즉 부탁의 형식을 빌어서 가능한 한 좋게 얘기를 끝내면 된다.

그렇게 함으로써 상대방에게 부탁한 일을 주제로 서로 얘기를 나눌 기회가 생길 테니까. 그렇지만 그런 기회가 오리라는 절대적인 확신은 금물이다.

참고로 최상급 수준의 의사 소통 방법을 동원했음에도 결과가 따라주지 않는 이유는 이 장의 결말 부분에서 언급하고자 한다.

불/편/하/고/ 화/나/는/ 일/들/을/ 직/접/
말/하/는/ 방/법

■ 상대방에게 불만이 생겼을 경우, 이를 부탁이나 소원 형식을 빌어서 전달하자. 우선 상대방에게 어떤 소원이나 부탁을 말할지 정한다.

■ 말하기까지 너무 시간을 끌지 말자. 그리고 적절한 시기를 포착하라.

■ 정중하고 친절하게 말하자. 비난이나 엄살 섞인 말투는 금물이다.

■ 의미가 있다고 판단될 경우, 부탁하게 된 경위를 밝힌다. 하지만 가능한 한 짧게 끝내자.

이제 위의 예들처럼 사소한 문제가 아닌 좀더 무게가 실린 비판을 문제 삼아보자. 만약 상대방이 결정적인 실수를 했다면, 부탁이나 소원으로는 부족하다. 이제부터 세세하고도 충분한 비판을 할 마음의 준비가 필요하다.

마음의 상처를 입힐 위험성, 이렇게 줄이자

화가 난 상태에서 객관적이고 효과적인 비판을 할 수 있으리라는 기대는 무리다.
화를 삭이지 못하고 속이 부글부글 끓는 상태에서 상대방과 얘기할 경우
대화의 효과는 오히려 부정적이다.

진정한 비판은 새롭고도 개선된 방향으로 길을 열어준다. 진정한 비판에는 결점 투성이의 대화 방식과 구분되는 완성도 있는 대화 방식이 필요하다. 우선 비판이 그 실효를 거두려면, 상대방에 대한 절대적인 존경심을 잃지 않아야 한다는 게 철칙이다.

이를 전제로 할 때 비로소 비판받는 대상을 깎아내리지 않고 오히려 상대방을 비옥하게 만들 수 있다. 성공적인 비판을 위해서는, 상대방의 마음에 상처를 입힐 만한 말들을 피하는 게 무엇보다 중요하다. 이것은 세미나 도중 내가 가장 자주 접하는 질문이기도 하다. "제가 그 사람 마음을 다치지 않고 비판할 수 있는 방법은 뭐죠?"

일이 잘못될 경우 대부분 먼저 화부터 낸다. 이처럼 화가 난 상태에서 객관적이고 효과적인 비판을 할 수 있으리라는 기대는 무리다. 비판을 통해 의도대로 효과를 거두지 못하는 이유는 대개의 경우 격한 감정을 삭이지 못한 데서 비롯된다.

이처럼 격한 상태에서는 상대방에게 비난을 퍼붓고 모욕을 주는 식의 비판이 될 수밖에 없다.

예를 들자면 이런 식이다. "자네! 어떻게 그렇게 태만할 수가 있나. 이 따위로 일을 처리하다니 머리는 뒀다 뭣에 쓰나? 정신이 제대로 박힌 사람이라면 사전에 자료를 살펴봤어야지. 결국 자네가 덜렁거리는 바람에 일이 전부 어떻게 됐는지 한번 보게. 내가 자네라면 창피해서 쥐구멍에라도 기어들어 가겠네." 이것은 물론 진정한 비판이 아니라 감정 폭발일 뿐이다.

자신의 감정을 숨길 필요는 없지만 적어도 다음 두 가지를 구별할 수는 있어야 한다. 한 가지는 감정적 대응, 즉 감정 폭발이고 다른 한 가지는 효과적인 비판이다. 앞의 예처럼 화를 삭이지 못하고 속이 부글부글 끓는 상태에서 상대방과 얘기할 경우 대화의 효과는 오히려 부정적이다. 이때 상대방은 자신이 공격받았다는 느낌을 받는다. 그 결과는 사람에 따라 두 가지 양상, 즉 마음의 문을 닫고 빗장

을 걸어 잠그는 경우와 똑같이 맞받아치면서 공격하는 경우로 나타
난다. 이것이 커다란 싸움으로 번질 첫 번째 조짐이다. 이제 해결되
어야 할 문제는 이미 뒷전으로 밀려나서 보이지도 않는다.

효과적인 비판을 위해서는 자신의 감정을 어느 정도 통제할 줄 아
는 자세가 전제되어야 한다.

화를 가라앉히려면

비판의 대상에게 영향력을 발휘하려면 자신의 감정과 적절한 거리를 유지할 필요가 있다.
완전히 감정의 지배를 받고 있지 않을 경우에만 상대방은 여러분의 말을
귀 기울여 듣고 이를 수긍하게 된다.

사람들은 화난 상태의 힘을 이용해서 상대방을 비난하는 경우가 많다. "나는 지금 정말 화가 나. 그러니까 곧장 그 사실을 얘기해도 돼" 사실상 이런 것은 자신의 의견을 말하는 비판이기보다 상대를 열 받게 하거나 한 방 먹이는 행동이다. 바로 여기에 감정이 격한 상태로는 진정한 비판이 불가능해지는 위험이 도사리고 있다.

앞서 말한 대로 자신의 분노나 실망을 드러내는 것 자체는 나쁘게 없다. 하지만 대화 상대, 즉 비판의 대상에게 영향력을 발휘하려면 자신의 감정과 적절한 거리를 유지할 필요가 있다. 완전히 감정의 지배를 받고 있지 않을 경우에만 상대방은 여러분의 말을 귀 기

울여 듣고 이를 수긍하게 된다. 따라서 얘기를 꺼내기 전에 이성을 되찾고 마음을 가라앉힐 것.

여러분은 자신의 화를 다스리는 법을 익히 알고 있으리라 믿는다. 다음의 '흥분된 감정을 다스리는 방법'을 통해 스스로 화를 다스려 보자.

너무 화가 치밀어 올라서 제정신으로 돌아오는 데 시간이 한참 걸리는 경우를 우리는 가끔 경험한다. 누군가에게 효과적인 비판을 하기 위해서 반드시 완전한 마음의 평정을 되찾을 필요는 없다. 극도로 날이 선 감정을 다스릴 수 있을 정도면 충분하다.

스스로 화를 다스렸는지 확인하려면 이렇게 자문해 보라. 내가 지금 과연 상대방의 말에 귀 기울일 수 있을까? 대답이 "no"일 경우 좀 더 냉정을 찾을 시간을 버는 게 현명하다. 그렇다고 시간을 너무 끄는 건 좋지 않다. 사태를 쿠폰 수집으로 마무리할 위험이 있으니까.

흥/분/된/ 감/정/을/ 다/스/리/는/ 방/법

■ 느껴지는 대로 느낀다. 감정이 온몸을 통해 날뛰도록 내버려두자. 하지만 생각 속에서
화를 키우는 일을 경계하도록.

■ 화를 풀어버린다. 우선 심호흡을 몇 차례 한 다음, 몸속에서 들끓고 있는 분노의 힘으로
몸을 움직여보자. 예를 들어, 계단을 오르거나 춤을 추거나 역기를 들거나 잔디를 깎거나
책상 위치를 옮기는 등등.

■ 침착하게 생각해 본다. 이성이 제자리로 돌아오도록 5분 정도를 할애하자. 그런 다음 사
태에 대해서 곰곰이 생각해 본다. 무슨 일이 일어났는지? 어떤 부분을 바꾸거나 개선하
고 싶은지? 상대방에게 어떤 식으로 말을 꺼내는 것이 가장 좋을지? 등등에 대해서.

남을 비판할 때 가장 많이 하는 실수

일반적이고 부정확한 표현을 사용하거나 싸잡아서 비난하지 말라.
비난하는 말투나 우회적인 표현으로 자신의 감정을 드러내지 말라.

생각 없이 내뱉은 말 때문에 대화 상대가 마음의 문을 닫아버리는 경우가 실제로 많이 일어난다. 이제부터 그와 같은 실수를 피할 수 있는 방법을 알아보겠다.

■□ 이런 식은 피하라

지나치게 많은 비판을 한 번에 쏟아내지 말라.

예를 한번 들어보자.

"난 지금 당신의 일 처리 방식이 내 신경에 거슬린다는 말을 하지 않을 수가 없군요. 당신은 내 주장을 무시하는 경향이 있어요. 우리가 함께 정한 일정을 반밖에 지키지 않는데다가 일을 못 끝내고도 항상 변명으로 일관하죠. 그나마 정확성은 기대도 못할 일이니원……. 나는 9시에 회의를 시작하기로 했으면 전 사원이 정각 9시에 자기 자리를 지키고 있기를 바랍니다. 당신은 항상 10분이나 15분씩 늦더군요. 그리고 제발 회사 규정을 준수했으면 좋겠어요. 회사에서 개인적인 인터넷 사용이 금지되어 있다는 거 몰라요? 사무실에서 인터넷 서핑을 하지 말란 말입니다."

■□ 이렇게 말해 보자

악의에 찬 비판은 쿠폰 수집과 다를 바 없다. 한 번에 한 가지 사항만 지적하라. 예외적으로 두 가지를 얘기할 수도 있지만, 전반에 걸친 비판은 절대 금물이다.

■□ 이런 식은 피하라

일반적이고 부정확한 표현을 사용하거나 싸잡아서 비난하지 말라. 이런 비난에는 으레 '항상', '결코', '영락없이' 라는 표현이 따라다닌다.

바로 이런 식이다.

"자네는 결코 시간을 지키는 일이 없는데다가 항상 변명하느라 정신이 없군."
"아침에 욕실에 들어오면 세면대에 영락없이 수염 깎은 털이 붙어 있잖아요."
"당신이 절대로 자리를 지키지 않는 통에 당신 고객 상담은 늘 내 몫이에요."

■□ 이렇게 말해 보자

정확한 지적이 차라리 받아들이기 쉽다. 과장은 자칫하면 공격으로 느껴질 수도 있다. 사실에 충실하라. 누군가 한 달에 8번 지각했다면, 그건 언제나가 아니라 정확히 8번이다. 그렇다고 날짜와 시간까지 기록해 두라는 의미는 아니다. 구체적이고 정확한 사실을 말하고 비판을 그 사실로 국한시키는 것으로 충분하다.

■□ 이런 식은 피하라

비난하는 말투나 우회적인 표현으로 자신의 감정을 드러내지 말라. 단어 선택이나 목청 크기는 말하는 사람의 감정 상태, 즉 화나 실망 등을 나타낸다. 대충 이런 식이다.
"세상에, 자네 도대체 무슨 생각을 하고 사나? 어떻게 사람이 그렇게 신용이 없어? 제발 한 번만 제 시간에 출근하면 소원이 없겠네."

"칠칠치 못하긴! 대관절 머리는 어디 두고 다니는 건가?"

"대단해! 내가 그렇게 싫어하는 짓을 또 하다니 말이야."

■□ 이런 식은 피하라

1인칭 화법을 사용해서 자신의 감정을 직접적으로 표현하라.

위의 예들을 바꿔보면 이렇다.

"지난 금요일에 나는 자네를 30분이나 기다렸네. 자네가 제 시간에 오지 않

아서 좀 실망스러웠네."

"자네가 한 일을 보고 난 화가 났네."

"지금 나는 기분이 안 좋아."

좋은 비판은 작은 예술품이다

상대방에게 몹시 화가 난 상태라면, 얘기를 꺼내기에 앞서
잠시 생각을 가다듬는 일부터 시작하라.
그 내용을 간략하고 명쾌한 표현으로 옮겨보자.

나는 세미나에서 비판하는 기술이라는 표현을 즐겨 쓴다. 성공적인 피드백은 일종의 작은 예술품과 같다는 게 내 생각이다. 단순히 상대방에게 비난을 퍼붓고 나서, 내가 그 사람한테 싫은 소리 좀 했는데 아무 소용 없더라는 식이라면 아주 간단하다. 빈틈없이 잘 짜여진 비판을 만들어내려면 무수한 원칙과 각오가 필요하다.

물론 여러분이 상대방에게 몹시 화가 난 상태라면, 얘기를 꺼내기에 앞서 잠시 생각을 가다듬는 일부터 시작하라. 자리에 앉아서 자신이 화가 난 진짜 이유가 뭔지, 무엇이 부족했고 또 무엇이 지나쳤는지, 무엇 때문에 실망했고 또 신경이 곤두섰는지 곰곰이 따져보

자. 이제 그 내용을 간략하고 명쾌한 표현으로 옮겨보자. 그리고 이 표현들이 과연 객관적인지 혹시 과장이나 적대감이 표현 속에 섞여 있지 않은지 곱씹어보자.

대화를 시작하기 전에 이런 방법으로 마음을 가다듬는다면 도움이 될 것이다. 하지만 가장 중요한 것은 얘기의 목적이다. 자신의 피드백으로 얻고자 하는 바를 분명히 정하라. 비판이 제 기능을 할 경우, 앞으로의 해결책이나 개선책이 보일 것이다. 그것은 상호간의 협정이 될 수도 있고 새로운 규칙이 될 수도 있다. 또한 같은 실수가 반복되지 않도록 재교육이나 보충수업이 이루어질 수도 있다.

효과적인 비판을 위한 몇 가지 중점 사항을 다시 한 번 개괄적으로 요약해 보았다.

상/대/방/의/ 마/음/을/ 다/치/지/ 않/고/ 비/판/에/ 성/공/하/는/ 방/법

■ 불만이 쌓이지 않도록 주의하라. 잘못된 일이 있다면 가까운 시일 내에 집고 넘어가자.

■ 서로 얼굴을 맞대고 대화를 나눠라.

■ 자신이 집중력 있고 냉철한 상태인지 또한 상대방이 비난을 수용할 능력이 있는지를 살펴라. 화가 나거나 충격을 받은 상태에서 객관적이고 차분하게 대화하는 일은 불가능하다는 점을 명심하자.

■ 주어진 사실에만 충실하라. 그리고 문제점에 대한 자신의 의견을 정확하게 밝혀라.

■ 긴 독백식의 얘기나 원론적인 얘기는 피하라. 그 즉시 상대의 답변을 들을 수 있어야 효과적이다.

■ 앞으로의 해결책을 모색하라. 먼저 구체적인 안을 제시한 다음 상대방의 의견을 들어보자. 효과적인 비판이란 미래 지향적인 성격을 지녀야 한다. 즉 상호간의 협정과 개선안이 궁극적인 목적이다.

칭찬도 연습이다

진정한 피드백을 주려면 부정적인 면에만 집착해서는 곤란하다.
칭찬도 훌륭한 비판 방법 중 하나다. 상대방을 칭찬하고 가치를 인정할 때
긍정적인 면은 더욱 발전된다. 이것이 칭찬의 힘이다.

이제까지 우리를 괴롭히는 일들, 즉 실수나 문젯거리를 주로 얘기했다. 그러나 진정한 피드백을 주려면 부정적인 면에만 집착해서는 곤란하다. 이럴 경우 도리어 불평분자라는 낙인이 찍히기 십상이다. 알다시피 사람들은 일반적으로 이런 사람들을 기피하는 경향이 있다. 그렇다면 도대체 무엇에 힘써야 한단 말인가?

칭찬도 훌륭한 비판 방법 중 하나다. 가슴에 손을 얹고 생각해 보자. 나는 타인을 칭찬할 줄 아는가? 누군가 기분 좋게 하는 행동을 했을 때 이를 칭찬할 수 있으며, 나 또한 그런 행동을 할 수 있는가? 불만을 터놓고 얘기할 줄 모르는 사람은 마찬가지로 남에게 칭찬할

줄도 모른다. 객관적인 비판이 없는 곳에는 대개의 경우 칭찬 역시 빠져 있다.

여기에는 여러 가지 이유가 존재한다. 어떤 사람들은 잘한 일은 당연한 것으로 여겨서 구태여 언급할 필요가 없다고 생각한다. 또 어떤 사람들은 긍정적인 부분은 간과하고 부족하고 잘못된 부분에만 집착한다. 부정적인 면만 보는 사람에게는 이 세상에 칭찬할 만한 일이란 존재하지 않는다. 하지만 상대방의 얘기 중에 결점이 드러나면, "곧바로 지금 시간 좀 있으세요? 잠깐 얘기를 했으면 싶어서요" 하는 말이 바로 날아온다. 뭔가 불편한 심기를 드러내 보이려는 계산이 분명하다.

어떤 식의 피드백에서건 무조건 칭찬의 말을 곁들이라는 얘기가 아니다. 보다 중요한 점은 우리가 멀리 내다보고 부정적인 면과 긍정적인 면을 모두 얘기할 수 있어야 한다는 사실이다. 상대방을 칭찬하고 가치를 인정할 때 긍정적인 면은 더욱 발전된다. 이것이 칭찬의 힘이다. 그러므로 유익한 것, 아름답고 좋은 것들을 자주 접하고 살려면 칭찬에 인색하지 말자.

내가 즐겨 사용하는 말 중에 이런 게 있다. 사람들이 뭔가 좋은 일을 할 때 그 순간을 포착하라. 그러니 타인의 좋은 점은 큰 소리로 떠들어대라. 비판은 두 사람이 이마를 맞대고 하지만 칭찬은 많은 사람 앞에서 할수록 좋다. 누군가를 칭찬할 때 형식적인 빈말이 아닌 자신의 감동이 배어 있는 말로 표현하자. 자신의 가슴이 말하도록 하자. 이때 칭찬할 마음이 들게 된 이유를 꼭 집어서 말한다면 일은 훨씬 쉽게 진행된다.

누군가와 마찰이 생겼을 때 우리는 상대방을 실수나 저지르는 문제아로만 보는 경향이 있다. 그 사람이 지닌 긍정적인 면이나 그동안 함께 보낸 좋은 시절은 모두 무시해 버린 채……. 이제 둘 사이의 관계는 부정적인 쪽으로 기울어진다. 이렇게 순탄치 못한 상황에도 만약 상대방의 긍정적인 면이 눈에 들어왔다면, 적어도 이 순간만큼은 그 탁월한 안목을 칭찬 받을 만하다. 자, 이제 이 사실을 상대방에게 말하고 균형 잡힌 관계를 회복하자.

상사를 비판하는 일, 이렇게 하면 쉽다

발톱을 감춘 대화라는 표현은 어떨까. 이런 전략은 단지 대하기 껄끄러운 상사뿐 아니라
비판에 유독 민감한 상대에게도 효과적이다.

이제 내 세미나에서 자주 거론되는 주제, 이름하여 '상사 비판하기'
로 들어가보자 건설적인 비판의 원칙들은 이 경우에도 예외 없이 적
용된다. 좋은 피드백은 객관적이고 정확하며 동시에 공손해야 한다
는 원칙이 그것이다. 그렇다면 상사를 비판하기가 그토록 어려운 이
유는 뭘까? 세미나 참석자 대다수는 이렇게 얘기한다.

"저는 아침 회의가 너무 오래 걸린다는 사실을 사장에게 말하고
싶어요. 조금만 빨리 진행시키면 30분 만에 마칠 수 있거든요. 하지
만 그 말을 꺼낼 용기가 없어요. 저는 사장을 화나게 하고 싶지 않아
요. 결국 손해 보는 건 누구겠어요?"

"제 상관은 정신없는 타입이에요. 그렇게 두서없이 서두르는 방식에 가끔 신경질이 난다고 말하면 그 사람은 몹시 당황할 거예요."

"저는 제때 정보를 받지 못하는 일을 자주 겪어요. 제 상사는 서류나 그런 것들을 제게 넘겨주는 걸 깜빡할 때가 많아요. 그 점을 지적하고 싶지만 차마 못하겠어요. 어쨌든 그 사람은 사장이고 저는 언제라도 갈아치울 수 있는 말단 사원에 불과하니까요."

세미나 참가자들이 각자 언급한 상사들이 정말 비판을 받아들이지 못할 사람인지 아니면 참가자들이 상사의 권위에 대해 지나치게 소심한 반응을 보이는 것인지를 이런 식으로 전해 듣고 정확히 판가름하기는 어렵다. 그렇다고 해도 두 경우 모두—대하기 어려운 상사나 상사의 권위에 대한 두려움—해결책은 있다.

이런 경우 비난의 수위를 조절하면 된다. 즉 좀더 조심스럽고 부드러운 화법을 사용하자는 뜻이다. 발톱을 감춘 대화라는 표현은 어떨까. 이런 전략은 단지 대하기 껄끄러운 상사뿐 아니라 비판에 유독 민감한 상대에게도 효과적이다.

이처럼 사려 깊은 피드백이라면 힘겨운 도전을 피해갈 수 있다. 우선 단어 선정에 유의하면 일은 가장 쉬워진다. 예를 들어 "사장님의 회의 진행 방식은 너무 소모적이에요", "사장님이 너무 서두르실

때면 저는 돌아버릴 것 같아요" 하는 식의 표현은 치명적일 수 있다.

상사든 아니든 상대방의 비난을 일방적으로 차단하지 않고 비난의 목소리에 귀 기울이고 질문을 던질 줄 아는 사람들이 있다. 마찬가지로 상대방의 비난에 민감하게 반응하고 쉽게 상처받는 사람들도 있기 마련이다. 여러분의 상사가 예민한 성격의 소유자라면, 거부의 몸짓을 보일 것이다. 반대로 독단적인 성격의 소유자라면 오히려 이런 비난을 이용할 수도 있다. 칼자루를 쥔 사람이 누군지는 금방 드러날 일이다. 이 경우 여러분은 협박에 가까운 답변을 듣게 되지도 모른다.

"당신이 지금 나를 가르치려고 들어?"

여러분이 좀더 조심스럽게 접근한다면 이 같은 거부 반응은 보통 피해갈 수 있다. 이런 방법으로도 말하려는 의도는 전달되기 마련이다. 아무리 조심스럽게 애기를 전한다고 해도, 듣는 쪽에서는 상대방에게 불만 사항이 있고 이를 시정하고 싶어한다는 사실을 읽을 수 있기 때문이다. 공손하고 신중한 방법으로 피드백을 주었다면, 여러분의 임무는 끝난 셈이다. 상대방이 어떻게 행동하느냐는 상대방의 몫이니까.

신/중/하/고/ 예/의/ 바/른/ 피/드/백

- 상대방에게 잠시 면담을 요청하라. 상대방이 비판을 수용할 능력이 있는지 혹은 전화 벨 소리나 기타 방해 요소로 금세 관심을 돌리는 사람인지 먼저 파악하라.

- 요점만 정확하게 설명하되 문제, 비판 따위의 단어는 사용하지 말라. 그저 자신의 생각을 간략하게 전달하라. "아침 회의가 너무 오래 걸린다는 생각이 들었어요", "제가 서류를 너무 늦게 받아본다는 생각이 들었어요" 하는 식으로.

- 상대방의 잘못된 행동을 직접 지적할 생각이라면, 동시에 그 행동을 변호할 만한 장치를 마련하라. 예를 들자면, "당신은 토의에 끼어들 생각이 없는 것 같네요. 아마 다른 사람들에게 발언할 기회를 주려는 의도에서 그러겠지요" 또는 "요즘 무척 바쁘신가 봐요. 그렇게 많은 일을 동시에 해야 하니 가끔씩 제게 서류 건네주는 일을 잊어버릴 만도 하네요" 이런 식으로 말이다.

- 대화 도중 어느 부분에서 상대방이 화를 내거나 기분 상한 듯한 반응을 보이면, 즉시 관계 보호에 나서라. 결코 월권을 할 의도가 없었음을 분명하게 말하라. "그것이 당신

문제라는 걸 알아요. 당신을 화나게 할 생각은 없었어요", "당신에게 지시하려는 건 물론 아니에요"라는 식으로 말이다.

■ 마지막으로 해결점을 찾기 위한 질문을 던져라. 이때 우리라는 단어를 사용하라. "회의를 좀더 빨리 진행시켜서 모든 사원이 금방 자기 자리로 돌아갈 수 있으려면 우리 모두 어떻게 하면 될까요?" 또는 "제가 서류를 제때 건네받으려면 우리 두 사람이 어떻게 해야 할까요?" 이렇게 말이다.

암시로는 상대방을 이해시키기 어렵다

가까운 시기에 상대방에게 잠깐 면담할 시간을 내달라고 부탁하라.
그리고 불만 사항과 그 해결책에 대해서 자신의 솔직한 입장을 밝혀라.

발톱을 숨기는 건 좋지만 태도만은 분명히 해야 한다. 애매모호한 암시는 자칫하면 듣는 입장에서 그 숨은 뜻을 이해하지 못할 위험이 있기 때문이다. 내 세미나에 참석했던 한 여성의 경우가 그랬다. 그녀는 상사에게 자신의 불만을 전달했지만 결국 아무것도 얻어내지 못했다.

내용은 이랬다. 그녀의 상사는 몇 주 전부터 퇴근 시간 직전 그녀의 책상에 처리할 일을 산더미처럼 쌓아놓고 가곤 했다. 어떤 일은 다음 날 아침까지 끝마쳐야 하는 경우도 있었다. 거의 매일 퇴근 시간이 지나서까지 일하지 않을 도리가 없었다. 그녀는 상사로부터 가능한 한 빨리 일을 건네받기를 원했다. 그것이 근무 시간을 보다 잘 활용할 수 있는 방법이니까.

"그래서 당신은 상사에게 뭐라고 말했죠?" 나는 그녀에게 이렇게 물었다. "그 사람이 내 책상 위에 서류를 내려놓는 순간 내가 말했죠. 오늘도 별 수 없이 한밤중까지 앉아 있어야 되겠군요. 그러자 그가 이렇게 대답하더군요. 아니에요. 조금만 서두르면 두 시간 내에 마칠 수 있을 겁니다. 한마디로 그 사람은 내 말뜻을 이해하지 못했던 거죠."

그녀의 말을 들었을 때 그건 제대로 된 비판이 못 된다는 생각이 들었다. 그건 한마디 툭 던진 것, 즉 암시적인 표현에 불과했다. 그녀 입장에서는 당연히 오늘도 별 수 없이 한밤중까지 앉아 있어야 되겠다는 말의 의미를 상사가 제대로 이해하기를 바랐을 것이다. 하지만 이 같은 암시로 의미를 전달하기란 쉽지 않다.

그녀에게 내가 해준 충고는 이렇다. 당신의 상사가 또다시 두 팔 가득 일거리를 들고 올 때까지 기다리지 말라. 가까운 시기에 상대방에게 잠깐 면담할 시간을 내달라고 부탁하라. 그리고 불만 사항과 그 해결책에 대해서 자신의 솔직한 입장을 밝혀라.

상사에게 모멸감을 주지 말라

윗사람과 얘기하기 전에는 사전 준비가 필요하다.
구체적인 해결 방안을 제시하고 상대방의 의견을 물어보자.

세미나 일정 중에는 일종의 역할극이 들어 있다. 참석자들이 서로 돌아가며 역할을 맡아서 비판하는 방법을 연습한다. 물론 이것은 그저 역할극에 불과하지만 가장 효과적인 연습이며 또한 위험 부담 없이 새로운 시도를 해볼 수 있다는 점이 커다란 장점이기도 하다. 여기서는 자신의 말이 거절당하는 일도, 웃음거리가 되는 일도 일어나지 않으니까. 게다가 참가자들은 다른 사람의 연극을 보는 것만으로도 아주 많은 것을 배우게 된다.

이제부터 예로 들 역할극의 경우, 상사 역할을 맡았던 참가자가 자신의 역을 훌륭하게 소화해 냈다. 어떤 부분에서는 진짜 상사보다

더 고압적으로 보일 정도였으니까. 앞서 언급했던 그 여성은 이제 내가 해준 충고를 마음에 새긴 상태에서 역할극 속의 상사에게 피드백을 주는 연습에 들어갔다. 적절한 말로 상대방을 비판하는 방법을 찾기 위해서 그녀는 여러 차례 시도를 거듭해야 했다. 첫 번째 방법은 바로 이랬다.

(역할극 속의) 상사가 자신의 책상 앞에 앉아 있다. 여직원 한 사람(연습의 주인공)이 들어와서 묻는다. 시간 좀 있으세요? 잠깐 면담 좀 할까 해서요. 상사는 그녀를 올려다보지 않은 채 대답한다. 좋아요. 하지만 짧게 하세요

여직원 : 저는 지난 몇 주 동안 제시간에 퇴근한 날이 없어요. 부장님이 항상 퇴근 시간에 임박해서 일을 산더미처럼 쌓아놓고 가시니까요. 그중에는 다음 날 아침까지 반드시 끝내야 하는 일들도 적지 않았어요. 부장님은 제가 그 일을 할 수 있을지, 아니면 저녁에 다른 계획은 없는지 한 번도 물어보지 않으셨어요. 제 책상 위에 일거리들을 소리나게 올려놓고 가버리면 그만이 잖아요?

상사는 놀라서 그녀를 올려다보며 약간 화난 어조로 대답한다.

상사 : 내가 장난으로 그런다고 생각해요? 요즘 우리 회사가 새로운 분야를 개척해서 모든 사원이 기뻐하고 있다는 사실을 알고 있는지 의심스럽군요. 게다가 지사 전체가 한참 어려운 시기라는 걸 알잖아요. 그런데 지금 내게 와서 업무량이 많다고 불평을 하다니. 내가 여기 앉아서 낮잠이나 자는 줄 알아요? 좀 유연하게 생각하는 버릇을 가지세요.

역할극의 주인공은 겁을 먹고 잔뜩 움츠러들어서 대답을 하지 못하고 우물거렸다.

나는 여기서 연극을 잠시 끊고 (역할극의) 상사에게 물었다. "상대방에게서 어떤 인상을 받았나요?" 그의 대답은 상당히 인상적이었다. 그는 약간 모멸감을 느꼈다는 표현을 썼다. 그녀의 말은 비난투성이였으며 한꺼번에 마구 말을 쏟아내는 바람에 실제로 그녀가 원하는 게 무엇인지 정확히 알 수 없었다는 게 그의 설명이었다. "전 그녀를 거부할 수밖에 없었어요. 이런 식으로는 아무것도 해결될 수 없다고 생각해요."

비난하는 방식을 배제하기로 하고 우리는 앞서와 같은 장면에서 다시 연극을 시작했다.

그녀가 상사에게 와서 면담을 요청한 다음 이렇게 말했다. "저는 업무가 너무 과중하다는 말씀을 드리려고 왔어요. 지난 몇 주 동안 시간 외 근무를 해왔지만 이제 더는 못하겠어요. 저는 컨디션을 회복할 여가 시간이 필요해요. 이대로 가다가는 쓰러지고 말겠어요."

이번에도 역시 상사는 거부 반응을 보였다. 내가 그 이유를 묻자 그는 이렇게 대답했다. "그녀가 골골거리는 병아리 같다는 인상을 받았거든요. 자신감도 없어보였고요. 사장의 입장에서 볼 때 도저히 함께 짐을 나누어서 지고 갈 동료가 못 된다는 느낌이랄까요. 게다가 그녀는 자신이 아프다는 사실을 무기로 협박까지 했어요. 명색이 상사인데 그런 협박이나 받아서야 되나요?"

이제껏 과중한 업무량을 소화해 냈음에도 불구하고 상사의 눈에 그녀는 병약하고 부당한 요구나 하는 사원으로 비쳐졌다. 결국 그녀는 스스로 제 값을 깎아내리는 바람에 자신의 능력을 제대로 평가받지 못하는 결과를 가져왔던 것이다.

연극의 주인공은 첫 번째 경우 비난 섞인 말투를, 두 번째 경우 엄살을 부리는 말투를 사용했다. 이 두 가지 모두 자신의 용건을 상대방에게 이해시키기에는 역부족이었다.

우리는 다시 한 번 그녀를 지켜보기로 했다. 퇴근 시간 직전에 기습적으로 일거리를 떠맡는 것이 그녀의 주된 불만 사항이었다. 그녀는 업무 시간을 효율적으로 쪼개 쓰기 위해서 자신이 처리해야 할 일이 더 있는지를 미리 알 수 있기를 원했다. 나는 그녀에게 이 목적에 충실하도록 충고했다. 세 번째 시도에서 그녀의 방법은 앞의 경우보다 설득력이 있었다.

다시 그녀가 상사에게 가서 면담을 요청한 다음 얘기를 꺼냈다.

여직원 : "저의 시간 외 근무에 대해 드릴 말씀이 있어요. 3주 전부터 부장님께서 퇴근 시간 직전에도 일거리를 가져오시는 걸 보니 우리 회사가 바빠진 게 분명한 것 같아요. 하지만 잘 생각해 보면 초과 근무를 피해갈 방법이 있지 않을까 싶어서요."

상사 : 요즘 상황이 좀 그렇죠. 그래, 뭘 어떻게 하면 좋겠소?

여직원 : 할 일이 아직 남아 있는지 제가 미리 알 수 있다면 좋겠어요. 그러면 제가 시간을 조절해서 일 처리를 할 수 있을 것 같아요.

상사 : 일을 받으면 일단 내 선에서 검토를 한 다음 직원들에게

나눠주는 게 원칙이라서 시간이 좀 걸릴 수밖에 없어요.

여직원 : 네, 알고 있어요. 그럼 어떤 해결 방법이 있을까요?

상사는 말없이 생각에 잠겼다가 다음과 같이 대답했다.

상사 : "확실한 답변을 주기는 어려워요. 그러면 당신이 점심시간에 내 방에 잠깐 들르는 방법은 어떨까요? 그때 미리 일을 들고 갈 수 있지 않을까요. 하지만 이미 말했듯이 아무것도 약속할 수는 없어요."

여직원 : 네, 그러죠. 그게 한결 수월할 것 같네요. 고맙습니다.

연극이 이런 식으로 진행되자 상사 역의 참석자는 드디어 만족감을 표시했다. "이번에는 주인공이 저를 구석으로 몰아가는 일 없이 멋지게 해냈어요. 저는 그녀가 원하는 바를 이해했고 적극적으로 대화에 임할 수 있었어요."

물론 마지막 역할극 역시 해피엔딩으로 끝나는 완벽한 해결책은 아니었다. 하지만 그게 현실이다 잠정적인 해결 방안을 찾는 데 그치는 경우가 대부분이고 목적 달성을 위해서 좀더 대화를 할 필요가 있는 경우 역시 적지 않다.

윗사람과 얘기하기 전에는 사전 준비가 필요하다. 무엇보다도 자

신의 요구 사항이나 시정할 내용을 분명히 정하자. 구체적인 해결
방안을 제시하고 상대방의 의견을 물어보자. 좀더 큰 변화를 바란다
면 그만큼 마음속으로 많은 대화 내용을 준비할 필요가 있다. 인내
심을 갖고 협상할 태세를 갖추자.

비판이 실효를 거두지 못하는 이유

전혀 그럴 의지가 없는 사람을 상대로 자신의 뜻을 관철시킬 방법은 거의 없다.
어떤 방식의 의사소통이건 서로 의사소통을 하겠다는 당사자들의 마음 자세가 기본 요건이다.
비판을 통해서 몇 가지 행동이 달라질 수는 있겠지만 근본적인 변화는 불가능하다.

모든 것이 순서대로 잘 진행됐음에도 불구하고, 여러분의 비판 또는 부탁이나 바람이 실효를 거두지 못할 수도 있다. 이렇듯 대화 상대가 자신의 태도를 바꾸지 않을 경우 어떻게 해야 할까?

바로 여기에 비판의 한계가 있다. 한계의 성격은 두 가지다. 하나는 상대방이 타인에 대해 호의를 갖지 못하는 성격일 경우이고, 다른 하나는 상대방의 본질, 즉 인성의 문제다.

먼저 첫 번째 한계에 대해서 얘기해 보자. 여러분의 말이 효과를 거두기 위해서는 최소한 상대방이 호의를 가진 사람이어야 한다. 여기서 호의란 서로 잘 해나가려는 마음 자세를 의미한다. 더불어 상호간에 절충이나 약속을 하려는 의지도 포함된다. 이런 마음 자세가 결여된 경우, 상대방의 말을 귀 기울여 듣지 않는다. 그러니 상대방의 말을 이해할 리도 없고 부탁을 들어줄 리도 없다. 한마디로 말해서 떡 줄 놈은 생각도 않는데 김칫국부터 마신 격이다. 이럴 경우 그 어떤 고도의 테크닉도 무용지물이다.

전혀 그럴 의지가 없는 사람을 상대로 자신의 뜻을 관철시킬 방법은 거의 없다. 그나마 내가 아는 방법은 전부 법이 허용치 않는 것들뿐이다. 설사 총으로 협박을 한다고 해도 이런 사람이 말을 듣는다는 보장은 없을 것이다. 실제로 무력 앞에서도 자신의 의지를 굽히지 않았던 사람들의 이야기는 역사에 셀 수 없이 많이 나오니까.

어떤 방식의 의사소통이건 서로 의사소통을 하겠다는 당사자들의 마음 자세가 기본 요건이다. 상대방이 기본 자세를 갖추지 못한 사람이라면, 나는 마지막 카드, 다시 말해서 바로 그 사실을 대놓고 얘기하는 방법을 추천하고 싶다. 그러고 나면 적어도 한 가지 점에서는 서로 의견 일치를 보게 될 것이다. 둘 사이의 관계가 끝났다는 점 말이다. 대화 당사자들 사이에 의사소통을 위한 기본 여건이 만들어지지 않는 한, 대화를 통해 변화를 꾀하려는 모든 노력은 허사가 되고 만다.

이제 여러분은 대화 이외의 다른 방도를 찾아내려고 할 것이다. 법적 절차를 밟을 수도 있겠고, 직장을 옮길 수도 있겠다. 온갖 술책을 동원할 수도 있을 것이고 아니면 그냥 완전히 눈감아버릴 수도 있을 것이다. 어떤 방법을 선택하느냐는 전적으로 여러분의 목적이 무엇이냐에 달려 있다.

비판의 두 번째 한계는 상대방의 변화 가능성이다. 상대방이 자신의 태도를 바꾸지 못하는 이유가 어쩌면 여러분이 상대방의 본질에 위배되는 것을 요구했기 때문일지 모른다. 여기에서 사교성이 뛰어난 한 부부의 경우를 보자.

부부에게는 어린 아들이 하나 있었다. 그들은 아이를 자주 나무라는 편이었다. 하나뿐인 아들이 수줍고 소심한 성격을 타고났다는 사실을 용납할 수 없었기 때문이다. 그래서 아이가 친구들과 어울리지 않고 방에 틀어박혀서 책을 읽거나 컴퓨터를 할 때마다 핀잔을 주었다. 그 부부는 아이에게 활달하게 집 밖으로 뛰어나가서 놀든지 아니면 스포츠클럽에라도 다니라고 잔소리를 해댔다. 그들은 아이가 마음만 먹으면 자신들처럼 사교적인 사람이 될 수 있을 것이라고 생각했던 것이다. 하지만 그 아이는 아직 어림에도 불구하고 부모의 방식을 거부했다. 그의 부모가 이웃집 아이들을 초대하면, 그들은 정원에서 신나게 뛰어놀았다. 아이가 한쪽 구석에 앉아서 장난감을 조립하느라 정신이 팔린 새에 말이다.

그렇다면 달리 좋은 방법이 없을까? 내 대답은 '없다' 이다. 이 경우 문제가 되는 것은 아이의 개성, 즉 어떤 일을 받아들이는 자신만의 방식이기 때문이다. 비판을 통해서 몇 가지 행동이 달라질 수는 있겠지만 근본적인 변화는 불가능하다.

직장에서도 마찬가지로 각자의 개성을 인정하고 이를 존중할 수 있어야 한다. 직장에서 문책에 시달리던 한 남성이 떠오른다. 이 경우는 그의 승진이 사건의 발단이었다. 그는 원래 기술자로 근무하다가 기술 담당 부서의 부서장이 되었다. 그의 문제점은 상관 역할이 자신에게 맞지 않는다는 사실이었다. 그에게는 사원들을 다루는 일이나 다른 부서장들과 어울리는 일이 버거웠고, 업무 관리 역시 힘에 벅찼다.

그는 내게 이렇게 설명했다.

"나는 일급 기술자예요. 조립하고 수리하는 일이라면 누구에게도 지지 않을 자신 있어요. 그런데 회의와 상담, 조정과 프레젠테이션, 이런 건 전부 다 내 전문 분야가 아니었어요."

사실 그는 기술자로서의 뛰어난 실력을 인정받아서 승진한 경우

였다. 그러나 이제 사원들에게 동기를 부여하고 평가를 내리고 기획회의를 주도하는 일이 그의 주 업무가 되었다. 그리고 이런 일들은 전부 그에게 안개 낀 길을 걷는 것처럼 불투명했다. 기술자적 속성을 가진 그로서는 이런 일들을 해나갈 능력이 없었고, 그의 사원이나 상관도 이런 사실을 알고 있었다.

나는 내가 개최한 여러 세미나에서 성공을 거둔 바 있는 지도자 훈련을 그에게 전수할 수도 있었을 것이다. 그렇다고 해서 지금의 일이 수리하는 작업만큼 그에게 적합한 환경이 될 수 있을까? 그렇다면 과연 어떤 사람을 그가 자신 있게 일하고 있는 분야에서 빼내와서, 능력도 모자라고 흥미도 느끼지 못하는 분야에서 일하도록 만드는 것이 의미가 있을까? 아닐 것이다. 이것은 햄스터에게 막무가내로 날아다니는 법을 가르치는 것과 다를 바 없다.

여러분이 누군가를 계속해서 비판해도 아무 효과가 없다면, 상대방이 실제로 변할 수 있는 사람인지 의심해 보아라. 이는 어쩌면 햄스터가 날아서 돌아다니기를 기대하는 격일 수도 있다. 그가 열심히 노력하고 여러분의 뜻에 맞추려고 애쓴다고 해도 이는 마치 햄스터가 한 번 폴짝 뛰어오르는 것과 같은 이치다. 결국 이것은 폭풍우 속에서 물살을 거슬러 헤엄치는 행동일 수밖에 없다.

이때 우리에게 필요한 것은 비판이 아니라 약간의 지혜다. 사람마다 각기 다른 모습을 있는 그대로 받아들이는 지혜 말이다. 누구나 (직장에서) 각자의 능력과 기호에 맞는 자리를 지킬 수 있도록 마음을 쓰자.

우리 마음속에는 자신만의 원칙과 기준을 준수하는지 감독하는 상급 재판소가 자리 잡고 있는데, 일명 '자아 비판가'라고 한다. 사실 뭐라고 이름 붙이든 그건 중요하지 않다. 정말 중요한 것은 이 비판가가 마음속에서 하는 일을 우리가 알아야 한다는 점이다. 이 비판가란 다름 아닌 우리 머릿속에 떠오르는 자기 비판적인 생각들이다.

Selbstkritik und was sie bewirkt

자신을 비판하는 기술

Selbstkritik und was sie bewirkt

자아 비판가가 마음속에서 하는 일

우리가 자기 비하적인 생각이 옳다는 생각을 하는 순간부터
우리의 분위기도 그렇게 바뀌어간다. 즉 스스로를 기가 죽거나
불만족스럽거나 화나는 존재라고 느끼게 된다.

우리는 타인뿐 아니라 자기 자신에게도 비판을 가한다. 사람들은 자신에게 스스로 용납하지 못하는 부분이 있다면 남의 경우에도 똑같이 이를 받아들이지 못하는 경향이 있다. 예를 들어 저지방의 건강식을 챙겨 먹고 가능한 한 단 음식을 피하며 패스트푸드는 아예 포기하고 사는 사람들은 족발이나 생크림 케이크를 먹는 사람을 혐오한다. 물론 내색은 안 하지만 그런 생각을 품고 있다.

우리들은 누구나 자신이 마음속에서 정한 원칙이나 금기 사항으로 다른 사람까지 억압하려는 경향이 있다. 따라서 자기 자신에게 엄한 사람은 '내 자신에게 허용되지 않는 것은 너도 하면 안 돼' 하

는 신조에 따라서 남에게도 엄격하기 마련이다.

우리 마음속에는 자신만의 원칙과 기준을 준수하는지 감독하는 상급 재판소가 자리 잡고 있는데, 일명 '자아 비판가'라고 한다. 사실 뭐라고 이름 붙이든 그건 중요하지 않다.

정말 중요한 것은 이 비판가가 마음속에서 하는 일을 우리가 알아야 한다는 점이다. 이 비판가란 다름 아닌 우리 머릿속에 떠오르는 자기 비판적인 생각들이다. 우리는 이런 생각들을 믿기 때문에 이 생각들에 따라 자신을 심판하고 자학한다. 다음의 예처럼 말이다.

"맙소사, 못 봐주겠네. 하루 빨리 살을 빼야겠어."

"머릿결이 엉망이야. 난 내 머릿결이 싫어."

"어쩌면 좋아. 전부 망가뜨렸네. 난 늘 왜 이 모양이지."

"나는 정말 자신 없어. 면접 시험에서 난 분명히 떨어질 거야."

"내가 이제껏 살면서 해놓은 일이 뭐가 있담. 내세울 거라곤 아무것도 없으니."

이렇듯 머릿속에 떠오르는 생각들에 집착하는 건, 우리가 자신 안에 존재하는 자아 비판가의 지배를 받고 있기 때문이다. 자아 비판가는 우리의 실수나 태만, 약점을 가지고 우리를 책망하고 또 이를 부풀리기를 좋아한다. 이 비판가는 모기를 코끼리로 둔갑시키거나, 접촉 사고를 대형 참사로 바꿔놓을 줄 안다. 자아 비판가는 우리를 다른 사람과 비교하기를 즐기며, 항상 다른 사람의 손을 들어준다. 우리가 자기 비하적인 생각이 옳다는 생각을 하는 순간부터 우리의 분위기도 그렇게 바뀌어간다. 즉 스스로를 기가 죽거나 불만족스럽거나 화나는 존재라고 느끼게 된다.

많은 경우 내부 비판가의 힘이 너무 막강해지면 자기 증오심을 유발시키기도 한다. 하지만 그 힘이 다소 약하다고 해도 별로 달라질 건 없다. 여러분이 방금 사랑에 빠져서 첫 데이트를 눈앞에 두고 있다고 상상해 보자.

이때 여러분의 비판가가 여러분을 내내 따라다니며 헤어스타일이 흉하다는 둥, 코가 너무 크다는 둥 심지어 상대방과 어울리지 않는다는 둥 지껄여댄다면? 이런 생각을 갖고도 과연 당당하게 연인 앞에 나설 수 있을까? 그보다는 차라리 집으로 기어들어 가서 이불이나 뒤집어썼으면 좋겠다는 생각이 들지 않을까?

이렇듯 자아 비판가는 우리의 자신감을 방해한다. 자주 자기 자신을 불신하거나 열등 의식을 갖는 사람은 막강한 비판가를 마음속에 두고 있기 때문이다.

　따라서 자기 주장을 위한 세미나에서 내가 가장 중요하게 다루는
주제가 바로 우리 영혼 속의 이 부분과의 싸움이다.

내부 비판가에 대한 통찰

우리 각자의 영혼 속에 자리 잡은 이 부분은 우리가 믿고 있는 모든 원칙을 이용해서
우리를 비판하려 든다. 이때 내부의 비판가는 우리에게 높은 기준을 적용한다.

우리는 자신의 마음속에 비판적 부분이 존재한다는 사실을 깨닫고
이해할 수 있어야 한다. 자아 비판가의 주체는 가끔씩 우리 자신을
괴롭히는 생각들이다. 그 생각들로 우리는 스스로를 판단하지만 대
부분 판단 결과는 부정적이다. 그렇다고 자아 비판가가 마음 중의
나쁜 부분은 아니다. 본래 자아 비판가는 우리에게 호의를 가지고
있다.

자아 비판가는 일종의 적응 능력이다. 어린아이들조차 자신들이
부모의 보호와 보살핌 없이 살아남을 수 없다는 사실을 알고 있다.
그래서 아이들은 스스로 적응하는 법을 터득한다. 처음에는 자신이

태어난 가정의 규칙에 그리고 좀더 커서는 유치원과 학교의 규칙에. 예컨대 벌을 받지 않으려면 어떤 행동은 허락되며 또 어떤 행동을 하면 야단을 맞는지 알아둘 필요가 있었던 것이다.

각자의 내부 비판가는 이렇듯 성장 과정에서 들어온 비난을 통해 생겨난다. 우리는 외부로부터 받은 꾸지람을 통해 속으로 자신을 꾸짖는 법을 배워왔다.

"어쩌면 이렇게 꾀죄죄하니? 밥 먹기 전에 손이나 씻고 와."

"어디 말해 봐. 너 귀 먹었어? 내가 코 후비지 말라고 몇 번이나 말했니."

"그렇게 떠들지 마라. 남들이 우리를 어떻게 생각하겠어."

"그렇게 맘대로 가져가면 못 써. 가져가도 되는지 먼저 물어봐야지."

"너 또 그 꼬락서니가 뭐냐! 창피해서 너랑 집 밖에 못 나가겠다."

언제부턴가 엄마, 아빠는 이런 말들을 할 필요가 없어졌다. 이런 비판의 소리들이 우리 안으로 들어와서 둥지를 틀었기 때문이다. 이제 우리는 스스로 이런 말들을 할 수 있게 되었다. 드디어 자신만의 자아 비판가를 갖게 된 것이다. 우리가 다른 사람 눈 밖에 나지 않고 세상살이를 잘 해나갈 수 있도록 돌봐주는 것이 자아 비판가의 애초

의 목적이었다. 그러기 위해서 비판가는 우리를 질타하기 위한 원칙
과 기준을 세워야 했다. 그리고 우리는 이런 온갖 원칙을 부모님의
집에서 배우고 익혔다.

하지만 우리가 성인이 되어 자신의 힘으로 살아가게 된 다음부터
상황은 더 복잡해진다. 이제 우리에게 성인의 원칙이 필요해진 것이
다. 그 원칙은 헤아릴 수 없이 많다. 경력을 쌓기 위한 원칙, 영양 식
단의 기준, 건강한 신체를 위한 10개 조항, 라이프 스타일과 유행 경
향 등등이 우리의 비평가가 찾아낸 먹잇감들이다.

우리 각자의 영혼 속에 자리 잡은 이 부분은 우리가 믿고 있는 모
든 원칙을 이용해서 우리를 비판하려 든다. 이때 내부의 비판가는
우리에게 높은 기준을 적용한다. 자신의 일을 잘 해내면 그것으로
충분하지 않냐고? 천만의 말씀. 그것만으로는 턱없이 부족하다. 학
문을 계속하고, 경력을 쌓기 위해 매진하고, 지도자의 위치로 올라
가야 하는 건 기본이다.

물론 비판자의 요구는 여기서 그치지 않는다. 이와 병행해서 이상
적인 몸매를 유지해야 하고, 신분에 맞는 옷을 골라 입어야 하고 가
족이나 친구 관계도 성공적이어야 한다. 스트레스를 조절하려면 규
칙적인 휴식과 명상도 잊지 말아야 한다. 그리고 아마도 이 모든 것

을 해냈을 때, 여러분의 비판가는 창고를 정리하지 않았다는 비난을 퍼부을지도 모른다.

여러분이 만약 사회적인 성공에 별 관심이 없고, 집과 정원을 가꾸는 일이나 배우자나 아이들과 지내는 시간에 더 많은 가치를 두는 사람이라면, 비판가는 아무 문제도 일으키지 않는다. 하지만 여러분이 무언가 성취해야 한다는 믿음으로 특정한 원칙을 설정하는 한, 비판가의 덫에서 벗어날 수 없다. 여러분은 자상하고 참을성 있고 한결같으면서 재미있는 엄마거나 아빠여야 한다.

정원은 사계절 내내 작은 낙원이어야 하며, 집은 청결할 뿐 아니라 예쁘게 꾸며져 있어야 한다. 여러분은 유연한 성격에 세련미를 갖추고 있어야 하며 건강식을 요리할 줄 알아야 한다. 친척이나 친지 그리고 이웃과의 관계도 돌봐야 한다. 자신을 챙기는 일 역시 게을리 해서는 안 되므로 운동을 하고 책을 읽고 문화생활도 해야 한다.

이 일들을 전부 해내지 못했을 때 양심의 가책을 느끼게 하는 게 누구겠는가? 그건 끊임없이 지껄여대는 내부 비판가다. 그는 언제라도 미진한 점과 약점들을 찾아낸 다음, 우리를 공략해 온다. 그는 아마도 이렇게 속삭일 것이다. '다른 사람들은 그 일들을 다 해냈는데, 나만 규칙을 제대로 지키지 못했어. 좀더 분발해야 해' 이처럼 자아 비판가는 결코 만족하는 법이 없다. 기껏해야 잠시 침묵을 지키는 정도다.

만약 그를 길들이고 싶다면, 그의 얘기들을 기록하는 것이 가장 좋은 방법이다.

우리는 내부의 비판가가 생각만으로 이루어진 존재라는 사실을 분명히 해둘 필요가 있다. 그럼에도 불구하고 우리가 이런 생각들을 맹신한다면, 비판가는 막강한 힘을 발휘해서 우리의 기를 꺾어놓고 자긍심을 땅에 떨어뜨릴 것이다. 그렇다고 이런 자기 비판적인 생각을 멀리하거나 완전히 뿌리 뽑지는 못한다. 다행히 그 누구도 그리고 그 어떤 것도 머릿속을 맴도는 생각들을 믿으라고 강요하지는 않는다. 바로 거기에 탈출구가 놓여 있다. 우리 자신이 이런 생각들을 믿지 않는다면, 마음속 비판가의 손아귀에서 벗어날 수 있는 것이다. 우리가 더 이상 산타할아버지나 달나라 옥토끼의 존재를 믿지 않는 것처럼 말이다.

내/부/ 비/판/가/는

- 우리의 영혼 중 우리를 심판하고 질책하고 모욕하는 한 부분이다.

- 우리가 다른 사람에게 주는 인상을 조정한다

- 그동안 우리가 체득한 원칙과 가치 기준을 따른다.

- 우리가 원칙과 기준을 위반할 경우, 최악의 상황을 떠올린다.

- 우리를 다른 사람과 비교하고, 항상 다른 사람의 손을 들어준다.

- 우리의 실수와 실패를 비난한다.

- 우리의 성공이나 남에게 받는 칭찬을 과소 평가한다.

- 우리가 제멋대로 행동할 경우 우리에게 양심의 가책을 느끼게 만든다.

- 남들이 너의 잘못을 찾아내기 전에 내가 말해 주는 게 더 낫다는 신조로 우리를 비판
한다.

■ 거세게 공격해서 우리를 절망감에 빠지게 만든다.

■ 자긍심을 갖지 못하도록 방해한다.

자아 비판, 얼마나 필요한가?

약간의 자기 비판은 해로울 게 없지만, 도가 지나친 자기 비판은 우리의 힘을 완전히
빼앗아간다. 자아 비판을 많이 하면 할수록, 자기 비하감은 점점 커진다.

언젠가 한 남성이 나에게 물어온 적이 있다. 자신에게 동기를 부여하고 개선시키기 위해서 자아 비판이 필요한 게 아니냐고 그리고 스스로를 비판하지 않으면 자칫 게을러지고 자아 도취에 빠지지 않겠느냐고.

그렇다. 우리의 비판가는 물론 장점도 지니고 있다. 우리는 자기 비판을 통해서 자신의 잘못을 빨리 그리고 근본적으로 파악하게 된다. 비록 실수를 저질렀을지라도 그것 때문에 미쳐버리는 일이 없도록 우리를 지켜주기도 한다. 텔레비전에서 자주 봤다는 이유만으로 바람을 피워서는 안 된다고 말해 주는 비판가를 가지고 있다면 행복

한 일이다. 좋은 비판가라면 안개 낀 고속도로를 경주하듯 달리지 못하게 말릴 것이다.

내부의 비판가가 스스로를 개선시켜 주는 강력한 원동력임이 분명하다. 이 비판가들이 사람들을 헬스클럽으로 미장원으로 몰아낸다. 화장품 산업만 해도 이들 비판가 덕에 먹고사는 셈이다. 갑자기 모든 여성이 '나는 이대로도 괜찮아'라고 생각한다면 누가 주름 개선 크림을 사거나 성형 수술대 위에 드러눕겠는가?

자아 비판가의 존재가 필요하다고? 결국 정도의 문제다. 약간의 자기 비판은 해로울 게 없지만, 도가 지나친 자기 비판은 우리의 힘을 완전히 빼앗아간다. 자아 비판을 많이 하면 할수록, 자기 비하감은 점점 커진다. 하지만 자신의 능력을 제대로 발휘하기 위해서 우리에게는 건강한 자긍심이 반드시 필요하다. 그러므로 우리는 각자의 비판가를 제대로 파악하고 다룰 수 있어야 한다.

당신도 쉽게 상처받는 사람이라면?

고의성 없는 말이나 무심코 던진 농담 한 마디에 상대방의 가슴에 멍이 들고,
이에 질세라 상대방의 아픈 곳을 찌르는 말로 반격에 나선다.

세상에는 어린 시절부터 자기 자신에 대한 불만을 마음에 품고 살아
가는 사람들이 많다. 이런 불만족은 바로 자아 비판가의 논평 덕에
생겨난다. 그리고 이 중 어떤 논평은 우리에게 상처를 입히기도 한
다. 자아 비판가의 공격은 마치 날카로운 창과 같아서 우리의 영혼
을 파고들어와 상흔을 남긴다. 늘 같은 자리를 찔러대는 통에 결코
치유될 수 없는 상처 말이다.

누군가가 우리의 상처를 건드릴 때는 말할 나위도 없다. 예를 들
어보자. 어떤 여자의 자아 비평가는 몇 년 전부터 다리가 너무 굵다
는 말로 그녀를 괴롭혀왔다. 그녀의 마음속에서는 그녀의 장딴지가

두꺼운데다가 허벅다리는 출렁거린다는 핀잔의 소리가 끊임없이 들려왔다. 그녀는 돌아오는 휴가 때 산악 등반을 감행할 계획이었다.

이 말을 들은 직장 동료가 즉각 이렇게 말했다. "나라면 엄두도 못 낼 일이에요. 하지만 당신이라면 얼마든지 가능하겠네요. 운동으로 단련된 몸매에 다리도 튼튼하니." 그러자 여자가 표독스러운 얼굴로 쏘아 붙였다. "도대체 무슨 소리를 하는 거예요? 내 다리 신경 쓸 시간 있으면 맥주 통 같은 댁의 뱃살이나 빼시죠."

동료는 어안이 벙벙한 채 할 말을 잃고 말았다. 상대방은 다리가 그녀의 아킬레스건이라는 사실을 눈치 채지 못했던 것이다. 반면 그 여자는 상대방의 말에는 분명히 고의성이 있다고 생각했다. 무심코 내뱉은 말에 그녀는 상처를 받았고 그 책임이 당연히 상대방에게 있다고 믿었다.

셀 수 없이 많은 다툼이 이렇게 시작된다. 즉, 고의성 없는 말이나 무심코 던진 농담 한 마디에 상대방의 가슴에 멍이 들고, 이에 질세라 상대방의 아픈 곳을 찌르는 말로 반격에 나선다. 상처가 큰 만큼 반격도 거셀 수밖에 없다. 이때 반격을 당한 상대는 억울한 마음에 다시 반격을 하고, 싸움은 이런 식으로 점점 커지게 된다.

자신의 아킬레스건을 알자

쉽게 상처 입는 사람은 분명 마음속에 가혹한 비판가를 두고 있다.
상처 부위를 정확히 파악한 다음, 더 이상 동일 부위를 건드리지 않도록 조심하는 것이
상처와 관련해서 우리가 할 수 있는 최상책이다.

쉽게 상처 입는 사람은 분명 마음속에 가혹한 비판가를 두고 있다. 이런 사람은 외부에서 이 상처를 살짝 건드리기만 해도 통증을 느낀다. 그리고 자동적으로 상대방이 의도적으로 자신을 괴롭힌다고 믿게 된다. 상대방의 말을 뻔뻔하고 모욕적이라고 느끼는 이유가 내부에 있는 비판가 때문이라는 사실을 간과한 채.

쉽게 상처받는 사람들은 비판이 곧 상처라는 인식을 갖고 있다. 그래서 남에게 바른말 하기를 꺼리는 경향이 있다. 상대방에게 상처를 줄지 모른다는 두려움에서다. 역으로 생각해도 결론은 같다. 즉 자기 내부의 비난에 시달리며 사는 사람들은 남에게 비판받는 것 역시 못

견뎌한다. 어떤 피드백이라도 상처를 건드려서 고통을 줄 것이라는 생각에서다. 따라서 민감하고 상처받기를 두려워하는 사람에게는 객관성 없고 공격적인 비판을 막아줄 방어 기재가 필요하다.

상처 부위를 정확히 파악한 다음, 더 이상 동일 부위를 건드리지 않도록 조심하는 것이 상처와 관련해서 우리가 할 수 있는 최상책이다.

가장 먼저 할 일은 내부 비판가의 실체를 제대로 파악하는 일이다. 자신의 자아 비판적인 생각들을 밖으로 끌어내는 것이 다음 단계다. 그런 다음 내부 비판가의 논평에 의문을 제기해 보자. 그리고 마지막 단계, 비판의 소리를 완전히 무시하라.

자신의 내부 비판가를 제어하는 데에는 다소 시일이 걸릴 것이다. 정말이지 수년, 길게는 수십 년의 시간을 투자해서 만들어낸 존재가 아닌가. 게다가 비판가가 한꺼번에 공격을 퍼붓는 게 아니라서 더더욱 그렇다.

반면 우리가 깨어 있는 자세로 이 같은 비판적 생각들을 예의 주시한다면, 더 이상 이런 생각들이 설 자리가 없다는 확신을 갖게 될 것이다. 우리 스스로 그 존재를 분명히 자각한다면 비판가는 후퇴할 수밖에 없다. 실제로 내부 비판가는 우리가 방심하고 있는 동안 가장 신나게 지껄여댄다. 예를 들어 다른 일에 몰두해 있거나 자리에

누워 잠들기 직전에 우리를 공략해 온다.

기록은 대단히 큰 도움이 된다. 일단 종이로 옮겨 적은 생각은 머릿속에 두고 있을 필요가 없게 된다. 뿐만 아니라 기록을 함으로써 보다 쉽게 자신의 상처 부위를 알아낼 수 있다. 내 속에서 끊임없이 들려오는 소리, 바로 그것이 내가 지적 받을 때마다 상처 입는 부위이다. 이제 우리가 상대방의 특정한 말에 알레르기 반응을 보이거나 위축되는 이유를 찾아낸 셈이다.

그것이 옳다고 판단된다면, 상대방에게 자신의 상처 부위를 알리자. 특히 가까운 사이, 말하자면 배우자라든지 절친한 친구에게 자신이 민감하게 반응할 수밖에 없는 부분에 대해 얘기해 둘 필요가 있다. 이제 여러분이 갑자기 풀이 죽거나 불같이 화를 낸 이유를 상대방은 이해할 수 있을 것이다.

자신의 아킬레스건에 이처럼 보호막을 설치하면, 다른 사람의 피드백을 받아들이기 훨씬 쉬울 것이다. 비판에 대한 걱정을 덜어냈으니 이제부터 객관성 없는 비난 정도는 거뜬히 듣고 넘길 수 있지 않을까.

내/부/ 비/판/가/를/ 길/들/이/는/ 방/법

■ **주의할 점** : 어떤 생각이 머릿속을 맴돌고 있는지 체크하자. 특히 의기소침해지거나 아니면 무력감과 분노를 느끼는 순간을 포착하라.

■ **중지** : 마음속 비판가의 공격을 중지시키자. 스스로를 평가절하하고 기죽게 만드는 모든 생각을 중지하라.

■ **방송 시간 제한** : 이제까지 여러분의 비판가는 밤낮으로 가리지 않고 지껄여댈 수 있었다. 하지만 그것도 이제 끝이다. 하루에 한 번만 말할 시간을 주도록 하자. 그리고 이때만큼은 그 소리를 귀 기울여 듣자. 말하는 시간은 길어야 10분이면 충분하다. 하지만 여러분이 비판가의 방송 시간을 줄이려고 하면, 분명히 이를 못마땅해할 것이다. 그리고 쫓겨나지 않으려고 아무 생각에나 끼어들지 모른다. 이 점을 주의할 것!

■ **기록** : 비판가마다 즐겨 공략하는 포인트가 있는 법. 속에서 반복해서 들려오는 말이 바로 그 포인트다. 이것을 기록에 옮겨보자. 비판일지를 지니고 다니면서 그가 내뱉는 말들을 일일이 쓰는 거다. 옮겨 적는 과정에서 그 생각들이 우리의 머릿속을 빠져나갈

테니까.

■ **항변 :** 강경한 비판가일수록 같은 말을 귀가 따갑도록 반복할 것이다. 이 생각이 바로
우리를 괴롭히는 주범이다. '너는 그거 못해' 또는 거울을 볼 때 '못생겼어' 이런 말로
시비를 걸어오면 이에 항변하자. 똑같이 강경한 어조로 '틀렸어! 나도 할 수 있어' 그리
고 거울을 들여다보며 '예술이야' 이렇게 말이다.

마음을 다치지 않으면서 상대방의 피드백을 들을 수 있는 방법은 없을까? 자신감을 갖고 비판에 응하기 위한 대화 전략을 짜기에 앞서, 상대방의 말을 경청하는 마음 자세가 전제되어야 한다. 이런 마음가짐은 비판받는 연습을 할 때 빼놓을 수 없는 중요한 요소다.

Kritisiert werden:

So können Sie ein Feedback selbstsicher annehmen

남의 비판을 수용하는 기술

Kritisiert werden: So können Sie ein Feedback selbstsicher annehmen

잘만 되면 통증 없이 넘어갈 수 있다. 하지만 유감스럽게도 비판받기란
그렇게 수월하지 않아서 고통을 주기 십상이다.

비판받는 일. 사실 누구라도 환영할 만한 일은 아니다. 이것은 치과
치료를 받을 때와 같은 이치로, 잘만 되면 통증 없이 넘어갈 수 있
다. 하지만 유감스럽게도 비판받기란 그렇게 수월하지 않아서 고통
을 주기 십상이다.

많은 사람이 상대방의 피드백에 담담하게 대처하지 못하는 게 현
실이다. 여기서 어떤 건축가의 경우가 떠오른다. 그녀는 주로 공공
건물을 맡아서 일했는데, 시청이나 학교 건물 설계가 그녀의 주특기
였다.

그녀의 작업은 항상 성공적이었지만, 의뢰자 측에서 그녀의 설계

에 불만을 표시하는 경우가 적지 않았고, 그중에서 그녀가 애착을 가졌던 부분을 지적 받는 일도 더러 있었다. 그녀가 시청 입구를 투명 유리로 설계하면, 시장은 대형 나무 문을 원했다. 또 그녀가 학교 건물을 독창성이 돋보이도록 구상을 하면, 학교장은 사무실 분위기의 건물을 요구했다.

그 건축가는 자신의 설계가 채택되면 뛸 듯이 기뻐했지만, 조그마한 트집이라도 잡히면 곧바로 기분 상했다는 반응을 보이곤 했다. 심지어 상대방과 언쟁하는 중에 울음을 터트리는 경우도 있었다. 이렇게 된 이상 객관적인 입장에서 상대방과 대화를 나누기란 불가능한 일이었다. 얘기 도중 감정에 복받쳐서 자리를 박차고 나가는 게 다반사였으니까.

회사의 고문으로 근무하는 한 남자의 경우도 이와 유사하다. 그는 중소 기업체에 컴퓨터 소프트웨어를 납품하는 회사에서 일했다. 그를 포함한 직원들은 제품을 납품하기 전에 프로그램의 세세한 부분까지 테스트를 했다.

그래도 여전히 다른 요구를 해오는 고객이 있었다. 그는 이런 요구 사항을 모두 자신의 일에 대한 비난으로 받아들였다. 그는 이런 일에 대처하는 요령을 몰랐다. 이번에는 울음을 터트리는 대신 화를 폭발시켰다. 투덜거리고 만 적도 있었지만 발작적으로 화를 내는 일도 적지 않았다. 이 같은 감정적 대응으로 객관적인 대화를 한다는 건 무리였다. 이 두 사람에게 도움을 준 대화 전략을 소개하겠다.

비판받을 권리

누군가가 피드백을 주었다고 해서 반드시 그에 대해 답변을 하거나 반응을 보일 필요는 없다.
피드백은 그 속에 듣는 사람에게 영양가 있는 요소가 숨어 있을 때 의미가 있다.

전문직을 가진 사람들, 그중에서도 사력을 다해서 일하는 사람들은 직업상 받는 비판을 개인적인 비판으로 받아들여서 똑같은 강도로 대응하는 경향이 강하다. 대체로 남에게 비판받기를 꺼려하는 사람일수록 지나치다 싶게 일에 매달린다. 이런 부류는 겉으로 볼 때 남의 비판에 담담하게 반응하는 듯이 보인다. 이들은 상대방의 얘기를 귀 기울여 들으며 이의를 제기하지 않는다. 하지만 뒤돌아서서 하루 종일 자책에 시달린다. 내부 비판가의 무지막지한 공격 때문에.

나는 이렇듯 비판에 약한 사람들의 마음을 충분히 이해한다. 비판을 받을 때 날카로운 칼로 심장을 도려내는 듯한 통증을 느끼리라는 사실을 말이다. 자, 그렇다면, 마음을 다치지 않으면서 상대방의 피드백을 들을 수 있는 방법은 없을까? 자신감을 갖고 비판에 응하기 위한 대화 전략을 짜기에 앞서, 상대방의 말을 경청하는 마음 자세가 전제되어야 한다. 이런 마음가짐은 비판받는 연습을 할 때 빼놓을 수 없는 중요한 요소다.

냉철하게 생각해 보자. 자유롭게 자신의 의견을 말하는 것은 인간의 기본권이며, 다른 사람을 비판하는 것은 언론의 자유에 해당된다. 누구라도 나 아닌 다른 사람을 비판할 권리가 있다는 얘기다. 마찬가지로 다른 사람의 비판을 받아들이거나 거부하는 것 역시 우리의 권리 중 하나다. 비판은 일종의 제안과 같아서 일단 받아들이면 절충을 위한 조율이 뒤따른다. 하지만 실질적으로 비판의 내용에 동의하려면 귀 기울여서 듣고 관심을 가져야만 한다.

비판을 거부하든 아니든 그건 전적으로 듣는 사람의 자유 의지다. 누군가가 피드백을 주었다고 해서 반드시 그에 대해 답변을 하거나 반응을 보일 필요는 없다. 이미 말했듯이 그것도 인간에게 주어진 권리 중의 하나니까. 그렇다면 상대방의 비판에 반응을 보일지 말지를 어떻게 판단할 수 있을까?

피드백은 그 속에 듣는 사람에게 영양가 있는 요소가 숨어 있을 때 의미가 있다. 여기서 영양가란 듣는 사람이 자기 자신을 넓혀 나가고 일의 효율성을 높일 수 있도록 도움을 주는 정보를 의미한다. 상대방의 얘기를 주의 깊게 경청하면서 그 속에 뭔가 내게 쓸모 있는 요소가 있는지 찾아보자. 타인의 비판을 태연하게 들을 수 있는 좋은 방법이다. 나는 이런 태도를 '이기적인 영양가 탐색'이라고 이름 붙였다.

아무런 영양가 없는 비판도 얼마든지 있다. 이런 비판에는 간단히 안녕을 고하면 된다. 나의 시각으로 볼 때 쓸모없는 비판은 비판이라고 볼 수 없다. 말썽을 일으키고, 비꼬는 말로 상대를 화나게 만들고, 남의 일에 참견하고 기분을 상하게 하는 일들이 바로 여기에 해당된다. 이제 실제 상황에서 대화를 이끌어가는 방법을 생각해 보자.

대화를 이끄는 지혜

언제 어떤 식으로 반응할지 스스로 결정하라.
좀더 정확한 질문을 던지기 위해서도 시간적 여유가 필요하다.

누군가에게 비판을 받을 때, 고개를 떨구고 빨리 끝나기를 바라면서 참고 견디는 태도는 이제 버려야 한다. 일방적으로 끌려가지 않고 대화에 적극적으로 참여하는 것이 무엇보다 중요하다. 상대방과 동등한 입장에서 대화를 나누는 것으로 받아들여야 한다. 이런 마음가짐과 더불어 실제로도 상대방과 눈높이를 같이 하라. 그러면서 자신에게 도움이 되는 방향으로 대화를 이끌어가자

우선 느긋하게 상대방의 말을 들어보자. 곧바로 답변할 의무는 없다. 상대방이 그러기를 바란다 해도 마찬가지다. 언제 어떤 식으로 반응할지 스스로 결정하라. 전혀 예상치 못한 비판에 직면해서 감정

이 격해지더라도 이런 자세를 잃어서는 안 된다. 이럴 경우 생각할 시간을 가진 다음 대답할 필요가 있다. 상대방에게 그런 자신의 입장을 밝히는 것도 좋다.

"저는 이런 말을 듣게 될 줄 몰랐어요. 답변을 하기 전에 잠깐 생각할 시간이 필요해요. 우리 오늘 오후에 이 문제에 대해서 다시 얘기하면 어떨까요?" 감정이 이끄는 대로 즉석에서 목소리를 높이는 것보다는 이렇게 미온적인 태도를 보이는 것이 훨씬 현명한 처사다. 덧붙이자면 답변을 주기 전에 생각할 여유를 갖는 것 역시 우리의 기본권이다.

비판의 내용에 대해서 좀더 정확한 질문을 던지기 위해서도 시간적 여유가 필요하다. 그 말의 의미가 정확히 무엇인지 조목조목 짚어가면서 물어보자. 상대방의 말에 이의를 제기하거나 자신을 정당화하기에 앞서 상대방에게 질문을 던지는 것이 순서다.

그런 다음 이 문제를 어떻게 생각하는지, 상대방이 지적한 내용을 어떻게 평가했는지 자신의 입장을 밝히자. 차분하게 피드백을 수용하려면, 상대방이 얘기를 시작할 때 귀 기울여 듣기만 하는 것이 좋다.

마치 쇼핑 카트에 물건을 담듯, 일단 상대방의 말을 전부 받아들여라. 우선 들은 내용을 빠짐없이 카트에 담은 다음, 이 중에서 어떤

것을 집으로 가져갈지 결정해서 골라내면 된다. 상대방이 한 말을
전부 다 사들일 필요는 없다. 다시 말해서 비판 중에서 받아들일 것
과 아닌 것을 선별하라. 대화를 위해 가장 중요한 요소들을 다음과
같이 이해하기 쉽도록 정리해 보았다.

자/신/ 있/게/ 비/판/을/ 받/아/들/이/는/ 방/법

■ 떠도는 소문을 무시하자. 제3자를 통해서 듣게 되는 비난은 수용할 가치가 없다.

■ "1층에 근무하는 토마스가 그러는데, 자네 회의 진행 방식이 최악이라더군." 만약 누군가 이런 말을 전할 경우, 그 자리에서 무시해 버려라. 당사자에게 직접 하지 않는 비난은 신경 쓸 게 못 되니까.

■ 당당한 태도를 취하자. 누군가로부터 비판을 받을 때 금방 주저앉을 것 같은 자신감 없고 유약한 자세를 취하는 건 금물. 곧은 자세로 앉거나 서서 상대방의 눈을 마주보자.

■ 이성을 잃지 말자. 상대방이 말을 다 끝낼 때까지 기다려라. 곧바로 그리고 즉흥적으로 반응하는 건 좋지 않다. 피드백을 들으면서 격한 감정이 생겼다면, 말없이 잠시 시간을 벌면서 끓어오르는 감정이 생각 속을 뛰놀게 두어라. 자신의 감정을 소화시킬 시간이 필요하니까.

■ 분명하게 생각을 정리하자. 반응을 보이기 전에 자신이 상대방의 말을 제대로 이해했는

지 점검해 보자. 상대방의 애매모호한 암시나 원론적인 비난을 참고 듣는다면, 그 말의 뜻을 이해하지 못할 위험성도 있을 뿐더러 그 비난을 받아들이기도 힘들어진다. 정확하게 말해 줄 것을 상대방에게 요구하자.

■ 상대방의 잘못된 주장은 그 자리에서 바로잡자. 중상모략이나 거짓말, 왜곡된 얘기는 받아들이지 말자. 잘못된 부분을 바로잡되 냉정하고 분명하면서도 객관적인 태도를 보여라. 상대방이 틀리게 말한 시각이나 날짜를 고쳐주는 것도 한 방법이다.

■ 자신의 입장을 밝히자. 해당 사건에 대한 자신의 소견을 상대방에게 밝히자. 사태가 어떻게 발생했으며, 또한 그 일에 대한 자신의 입장은 어떤지 분명하게 드러내라. 이때 변명이 아닌 사실 보고처럼 들리도록 주의하자.

■ 그 일로 얻은 소득을 상대방에게 드러내자. 상대방의 비판으로 뭔가 배운 게 있다면, 그 사실을 솔직히 말하자. 그리고 자신이 생각하는 해결 방안을 상대방에게 제시하자.

감정 처리 이렇게 하자

생기는 감정은 어쩔 수 없다. 다만 그런 감정을 키우거나 완전히 배제하려고 해서는 안 된다.
순수하게 우러나오는 감정만으로 충분하다는 의미다.

아무리 자신 있게 맞선다고 해도, 비판을 들으면서 당황하는 경우가 발생한다. 이는 피드백의 강도나 내용을 정확히 파악하지 못했기 때문인데, 이럴 경우 아무리 마음을 단단히 먹었다고 하더라도 격한 감정에 휩쓸리기 십상이다. 마음속에서 화가 끓어올라서 상대방을 공격하고 싶을 수도 있고 어쩌면 그저 마냥 속이 상할 수도 있다.

그렇다면 얘기 중에 이런 감정을 다스릴 수 있는 방법은 없을까? 생기는 감정은 어쩔 수 없다. 다만 그런 감정을 키우거나 완전히 배제하려고 해서는 안 된다. 순수하게 우러나오는 감정만으로 충분하다는 의미다. 답변을 하기까지 시간을 버는 것이 최상의 방법이다.

지나치게 극적인 감정에 사로잡혔다면, 잠시 마음을 가라앉힐 시간적 여유가 필요하다. 이때 상대방에게 자신의 심정을 있는 그대로 드러내는 것도 좋다.

"나는 지금 조금 흥분된 상태예요. 이런 얘기를 들으리라고 예상치 못했거든요. 생각을 정리하는 데 시간이 좀 필요해요." 이런 식으로 솔직하고 짤막한 말로 자신의 감정을 표현할 것.

이런 식의 반응은 자신이 상대방의 얘기를 어떻게 받아들였는지 우회적으로 전달하는 효과도 갖는다. 물론 자신의 감정을 어느 선까지 드러낼지는 얘기 상대와의 관계에 따라 달라진다. 개인적으로 절친한 사이일수록 순수한 업무 관계보다 훨씬 감정 노출이 심할 것이다. 평소 자신의 감정을 다른 사람에게 드러내는 연습이 얼마큼 되어 있는지도 변수 중의 하나다.

올바른 실수 관리법

유명한 모험가나 예술가들의 에피소드에도 어리석은 실수담 한두 개는 꼭 끼어 있다.
정신 나간 사람만 바보짓을 하라는 법은 없다.

이제 진정한 자신감을 보여줄 때다. 상대편이 전적으로 옳은 상황에서 비난을 받아야 할 경우를 가정해 보자. 예를 들어 뭔가 중요한 일을 깜박했다거나 계산이 틀렸다거나 아니면 주차를 하면서 옆의 차를 박았다면 어떨까. 간단히 말해서 잘못을 저질렀을 때 말이다. 이런 상황에서도 자신감 있고 침착하게 상대편의 비난을 받아들일 수 있을까?

평소 자신감 없는 사람이라면 이럴 경우 흔히 변명을 하거나 다른 사람에게 책임을 전가시키거나 아니면 자신의 실수를 얼버무리고 넘어가려고 할 것이다. 나는 여기서 명쾌하고 솔직한 태도로 자신의 잘못에 대처하는 방법을 여러분과 함께 얘기하고 싶다.

우선 냉정을 되찾는 것이 급선무다. 사건은 터졌고 되돌릴 수는 없다는 생각 말이다. 정신 나간 사람만 바보짓을 하라는 법은 없다. 험한 세상을 헤쳐 나가면서 새로운 일들을 감행하다 보면, 과녁을 벗어나는 실수는 누구라도 할 수 있다. 유명한 모험가나 예술가들의 에피소드에도 어리석은 실수담 한두 개는 꼭 끼어 있는 법이니까.

심지어 자신이 능력 발휘를 할 수 있는 분야에서도 간혹 실수가 발생한다. 깔끔하게 이런 실수를 마무리하려고 할 때 절대 굽혀서는 안 되는 곳이 하나 있다면, 다름 아닌 자아 비판가의 목소리다. 속에서 들려오는 이런 말들을 듣고 있으면 사태는 오히려 악화되기 쉽다.

'난 정말 바보 천치야'

'그런 일이 나한테 일어나지 말았어야 해'

'그런 일을 하기에 난 너무 모자라'

'이 일을 도저히 납득할 수가 없어'

이런 생각들이 눈덩이처럼 불어나면 그 밑에 깔려서 헤어나올 방도가 없다. 마음속 목소리를 차단시키고 이제 어떻게 처신할지 궁리해 보자. 어떤 식으로든 모든 일이 마무리되면, 다시는 그 일에 연연해하지 말 것. 어차피 일어난 일은 일어난 일이니까. 그보다는 일관성을 갖고 같은 실수를 반복하지 않도록 노력하는 편이 바람직하다.

외부적으로는 잘못된 사태에 당당하게 맞서서. 책임지는 자세가 무엇보다도 중요하다.

이제 우리는 비판의 막바지 지점에 이르렀다. 이성적이고 설득력 있는 대처 방법을 이쯤에서 마무리하고 황당한 비판에 대처하는 방법을 들여다보자. 이제부터 가장 흔히 겪게 되는 두 가지 경우를 소개하겠다. 객관성 없는 비판과 남의 일에 대한 간섭이 바로 그것이다.

당/당/하/게 잘/못/을 인/정/하/는 방/법

- 토를 달거나 불평하지 말고 자신의 잘못을 깨끗이 인정하자. "네, 제가 그걸 깜박했네요", "그거 제 실수였어요", "제가 잘못 생각했어요", "제 계산이 정확치 못했네요" 이런 말이면 충분하다.

- 솔직한 사과의 말을 곁들여라. "죄송합니다", "사과 드릴게요. 용서하십시오" 와 같은.

- 상대방에게 보상을 해줄 필요성이 있을 경우 주저하지 말자. 손해 배상으로 상황을 종료시키자.

- 사태가 커져서 결국 법정까지 일을 끌고 가야 한다면, 가능한 한 모든 지원 사격을 동원하자. 전문가와 상담하고 변호사를 선임하고 보상금 해결을 위해서 보험 약관을 꼼꼼히 살필 것.

객관성 없는 비판은 무시하라

객관성 없는 말이라고 일축하기에 앞서 상대방이 비방을 목적으로 던진 말인지 아닌지
생각해 볼 것. 그런 다음 상대방이 객관성 있는 표현을 써서
다시 말할 수 있도록 기회를 주자.

이런 걸 비판이라고 할 수 있을까. 차라리 일종의 시비라고 하는 편이 옳겠다. 실생활에서 이처럼 객관성 없고 도발적인 행동이 문제되는 경우는 흔히 있다. 이는 언뜻 볼 때 비판처럼 생각할 수도 있지만, 듣는 사람 입장에서는 일말의 가치도 없는 말들이다. 질투심이나 경쟁심 때문에 내뱉는 말일 공산이 크기 때문이다. 다분히 악의적인 이런 말들은 받아들일 필요가 없다.

하지만 무조건 거부하기에 앞서 그 말의 객관성 여부를 가늠해 볼 것을 권한다. 객관성이 결여된 것처럼 들리는 말이라고 전부 그런 것은 아니다. 상대방에게 뭔가 중요한 얘기를 전달하고자 할 때 적

절한 표현 방법을 모르는 경우가 다반사인데, 바로 이 점이 오해를 불러올 수 있기 때문이다.

아무렇게나 내뱉는 이런 비판에는 즉흥적인 감정과 갑자기 떠오른 생각이 뒤섞이기 마련이다. 이런 감정과 생각들이 복합적으로 작용해서 걸러지지 않고 객관성이 떨어지는 말처럼 들리는 수가 있다. 하지만 이런 뒤죽박죽식의 비판 속에서 여러분에게 자양분이 될 만한 요소들을 찾아낼 수도 있다.

객관성 없는 말이라고 일축하기에 앞서 상대방이 비방을 목적으로 던진 말인지 아닌지 생각해 볼 것. 그런 다음 상대방이 객관성 있는 표현을 써서 다시 말할 수 있도록 기회를 주자.

여러분의 동료가 이런 애기를 했다고 가정해 보자. "내가 자네 보고서를 읽어봤는데, 사고 하나 제대로 쳤더군." 물론 여기서 '사고'란 실수를 뜻하는 말일 것이다. 하지만 그는 무슨 의미로 이런 표현을 썼을까? 보고서에 오자나 탈자가 많다는 의미일까. 아니면 날짜나 시각이 잘못 기록되었다는 의미일까. 그저 농담 한마디 건넨 건 아니었을까. 아마도 여러분은 즉각 거부 반응을 보이며, 곧바로 맞받아칠 태세를 갖출 것이다. "흥, 건설적인 비판이 못 되는군. 들을 가치도 없는 소리야."

하지만 나는 이런 자리에서 여러분이 동료에게 시혜적인 태도를 보이기를 기대한다. 대다수의 사람이 비판하는 법을 한 번도 배운 적이 없다는 사실을 상기해 본다면 얘기는 간단하다. 기분 내키는 대로 아무 말이나 내뱉고 그래서 말의 내용과 상관없이 듣는 이에게 거부감을 주는 그 뻔한 메커니즘을 말이다.

그러니 객관성 없는 말이라고 몰아붙이기 전에, 그 말의 의도가 무언지 물어보자. 값진 비판을 흉측한 포장지로 포장했을지도 모른다. 적절한 질문 하나에 역겨운 포장지 속이 보일지도 모른다.

객관성 없는 비판과 가치 있는 비판을 구별하는 법

악의 없는 질문을 제대로 활용하려면, 모욕적인 표현을 반드시 짚고 넘어갈 필요가 있다.
대화 상대가 객관성 없고 명예를 훼손하는 표현을 쓸 때마다 설명을 요구하라.

나는 객관성 없게 들리는 비판에서 자신에게 피와 살이 될 요소를 찾아낼 수 있는 지극히 단순한 전략 하나를 개발했다. 이름하여 '악의 없는 반문'이 그것이다. 먼저 상대방의 객관성 없는 얘기를 들은 다음 그 말의 의미를 묻는 게 순서다. 좀더 명확한 설명을 위해서 예를 하나 들겠다.

동료 한 사람이 이렇게 말한다. "내가 자네 보고서를 읽어봤는데, 사고 하나 제대로 쳤더군."

이에 대한 악의 없는 반문. 그 사고라는 말의 의미가 뭔가?

이제 동료 차례다. 그는 자신이 한 말의 의미를 설명한다. 이렇게 말했다고 가정하자. "보고서에 1/4 분기 수치가 빠져 있어. 판매 내용도 적혀 있지 않더군."

내용이 정확히 밝혀졌고 여러분은 이에 대처하면 된다.

위의 경우 악의 없는 반문으로 객관적인 피드백을 이끌어냈다. 이런 방식으로 꼬리를 물고 계속 묻다보면, 얘기는 객관적인 방향으로 나아가게 될 것이다.

이제부터 여러분이 이야기를 주도해 나가라. 질문하는 사람이 대화를 주도한다. 얼마나 환상적인 일인가? 어쨌든 동료의 말에 대들거나 화를 내는 것보다는 한결 낫다. 여러분은 동시에 시간도 벌게 된다. 언쟁에 휘말리는 대신 여러분이 질문을 던지면 상대방은 질문에 대답을 한다. 질문이라는 공을 상대에게 던지면서 냉철한 이성을 유지할 수 있게 된다.

악의 없는 질문을 제대로 활용하려면, 모욕적인 표현을 반드시 짚고 넘어갈 필요가 있다. 대화 상대가 객관성 없고 명예를 훼손하는 표현을 쓸 때마다 설명을 요구하라. 뻔뻔스러운 언사나 한심한 말을 들을 때 이런 인간은 이해할 가치가 없다고 생각하는 습관을 들이

자. 객관성이 떨어지는 얘기이든 한심한 내용이든 그 말의 의미를 이해했을 경우에만 받아들여라. 대충 이해하고 넘어가려는 태도는 금물이다.

하지만 상대편이 도리어 시비조로 맞받아칠 경우 정력을 낭비하지 말자. 달리 말해서, 돼지 목에 진주 목걸이를 걸어주지 말라는 얘기다. 이제 이해는 필요 없다. 더 이상 한심하기 짝이 없는 말을 이해하려고 애쓰지 말고 거세게 반박하라. 아니면 상대방이 생전 처음 듣는 외국어로 말한다고 생각하라. 그럴 만한 가치가 있는 경우에만 이해하려는 노력을 기울이자.

악의 없는 반문은 활용하기 아주 쉽다. 반문을 위해서 오래 생각할 필요도 없을 뿐 아니라, 예상치 못한 공격으로 충격을 받은 상태에서도 가능한 일이다. 여기 그 대화 전략이 있다.

악/의/ 없/는/ 반/문

■ 상대방의 말 중에서 객관성 없는 표현을 그대로 반복한 다음 그 의미를 묻는다. 만약 "당신은 이번 프로젝트를 칠칠치 못하게 처리했어"라는 객관성 없는 말을 들었다면, 이에 대한 악의 없는 반문은 "칠칠치 못하다는 게 무슨 뜻이죠?" 하면 된다.

■ 객관성 없는 비판, 예를 들어서 "자네는 원래 유능한 사원 아닌가. 그런 자네가 그렇게 아둔한 짓을 했다고 누가 믿겠나" 이에 대한 악의 없는 반문은 "아둔한 짓이라니 무슨 의미입니까?" 하면 된다.

■ 자극적인 발언, 즉 누군가 "너 자신을 이 분야에서 충분히 노출시키지 않았다는 사실이 서서히 입증될 걸" 이렇게 말했다면, 이에 대한 악의 없는 반문은 "충분히 노출시키지 않았다니 대관절 무슨 얘기야?"가 될 것이다.

■ 질문을 던진 다음 느긋하게 상대방의 대답을 들어보자. 그의 대답이 객관성을 회복했다면 대화를 계속하라. 그 반대의 경우, 상대방과의 대화를 거부하고 거기서 대화를 끝내라.

악의 없는 반문도 객관적 답변을 줄 만한 상대라야 그 효과가 있다. 아닌 경우, 상대편의 추악한 모습만 들춰내는 결과를 낳는다. 어느 쪽에 해당되는지는 여러분의 악의 없는 질문에 대한 답변에서 곧바로 파악된다. 예컨대 "사고 하나 제대로 쳤다니 그게 무슨 뜻입니까?" 하고 물었을 때, 상대방이 "정말 무슨 뜻인지 몰라서 묻나? 괜히 순진한 척하지 말게나. 자네 보고서는 한마디로 실패작이야" 하고 대답한다면? 한마디로 실패작이라? 이것은 객관적 사실에 충실한 정보가 아니라 객관성 없는 또 다른 비난이다. 이제 여러분 차례가 돌아오면 어떻게 행동해야 할지 분명해졌다. 이 답변은 받아들일 가치가 전혀 없는 흠해 빠진 중상모략일 뿐이다. 태도를 바꿔서 상대방의 말을 이 정도 선에서 끊도록 하자.

어떤 전략을 사용하느냐는 각자의 선택에 달려 있다. 이때 상대방과의 관계도 물론 한몫한다. 만약 재치 있고 악의 없는 말로 마무리하고 싶다면 이런 표현도 괜찮을 듯싶다. "자네 단어 나열하는 방식이 맘에 들어." 만약 객관성 없는 얘기를 다시는 듣고 싶지 않다는 본인의 의사를 상대방에게 분명히 해두고 싶다면? 자, 그렇다면 이제 말꼬리를 잡는 게임은 그만 두고 다음 내용을 읽어보자.

객/관/성/ 없/는/ 말/을/ 거/부/하/는/ 방/법

- 조용하고도 단호한 어조로 말하라. 이때 상대방의 눈을 바로 쳐다보자.

- 자신을 어떻게 대해 주길 바라는지 상대방에게 밝혀라. 예를 들어보면 이렇다. "당신의 객관성 없는 태도로는 얘기가 안 돼요. 제게 중대한 얘기를 하실 때 분명하고 객관적인 표현을 써주세요." 또는 "이제껏 비꼬기만 하셨지 진정한 비판은 안 하셨어요. 우리가 함께 가려면 제겐 객관적인 정보가 필요해요."

- 이런 말에도 상대방이 태도를 바꾸지 않는다면, 마찬가지로 강하게 자신의 주장을 밀어 부쳐라. "이 번호는 통화가 불가능합니다" 상대방이 전화를 끊을 때까지 계속 반복되는 전화 메시지에서 한 수 배워보자.

객관성 없는 토론을 끝내려면

악의 없는 반문과 객관성 없는 비난을 거부하라.
가치 없는 비판을 무시해 버릴 수만 있어도, 이미 여러분은 승리자다.

이제 앞서 보았던 두 가지 전략, 즉 악의 없는 반문과 객관성 없는 비난을 거부하는 방법을 토론의 장에서 응용할 수 있도록 예를 하나 들어보겠다. 세미나에 참석했던 마가레트라는 여성의 경우인데, 그녀는 동료의 객관성 없는 말들을 침착하고 당당하게 물리치기가 힘에 벅찼다. 그녀의 사연인즉, 언젠가 마가레트가 회의 시간에 자신의 마케팅 컨셉트를 발표한 일이 있었다. 그때 그녀의 동료 직원 한 사람이 그녀의 작업을 이렇게 평가했다. "열심히 준비한 것 같기는 한데…… 하지만 이거 너무 늘어지는데다가 한물 간 아이디어 아닌가?" 이것이 그녀가 던진 말의 전부였다. 마가레트는 동료의 혹평에 몹시 화가 났다. 그래서 그녀는 자신의 아이디어가 활기 있고 참신하다는 점을 근거를 들이대면서 한참 동안 설명했다.

이상하게도 자신의 입장을 변호하면 할수록 왠지 발가벗겨지는 듯한 느낌이 들었다. 그녀는 상대방이 자신의 설명을 수긍할 때까지 얘기하고 또 했다. 하지만 그 자리에 참석한 수많은 직장 동료 앞에 알몸으로 서 있는 것 같은 느낌이 점점 강해졌다. 마가레트는 벽에 기대어 선 채 자신의 입장을 정당화하느라 정신이 없었다. 그녀가 동료의 객관성 떨어지는 지적을 받아들이지 못하는 이유는 바로 이런 태도, 즉 지나친 자기 합리화에 있었다. 실제로 그녀의 컨셉트는 나무랄 데가 없었다. 그렇지만 그녀의 태도는 동료들에게 자신의 일에 대해 자신감이 없는 사람이라는 인상을 남겼다.

우리는 역할극을 통해 이런 상황에 대처하기 위한 참신하고도 주체성 있는 방법을 훈련했다. 마가레트 또한 역할극에 참가해서 악의 없는 반문이나 객관성 없는 비난을 차단하는 방법을 연습했다. 나는 마가레트의 동료 직원 역할을, 마가레트는 자기 자신 역을 맡기로 했다.

(동료 역할을 맡은) **나** : 열심히 준비한 것 같기는 한데 이거 너무 늘어지

는데다가 한물 간 아이디어 아닌가요?

마가레트 : 늘어진다는 게 무슨 의미죠?

동료 직원 : 뭐, 전체적인 구조가 낙제점이란 얘기죠.

마가레트 : 낙제점은 또 무슨 뜻이에요?

동료 직원 : 참신한 면이 없이 평범하단 말이에요. 한마디로 재기 발랄한 면이 부족하다고 할까.

마가레트 : 나는 지금 두 차례나 연이어 질문했는데, 당신은 계속 애매모호하고 뜬금없는 대답으로 일관하는군요. 이런 식으로는 진전이 없어요. 어쨌든 앞서 발표한 컨셉트가 어떤 점에서 참신한지 한 번 더 설명하죠. 우선 이 제품의 프레젠테이션에 있어서……

이렇게 마가레트는 자신의 컨셉트의 핵심 요소들을 다시 한 번 설명했다. 이때 그녀는 자의적인 험담을 괴이치 않고 자신감 있고 침착하게 자신의 입장을 밝혔다.

역할극을 마친 다음 마가레트는 이렇게 말했다. "말꼬리를 잡는 질문 방식이 아주 좋았어요. 덕분에 자제력이 생겼고 상대방을 향한 거부감도 사라졌거든요. 생각 없이 내뱉는 그런 말 따위는 신경도 안 쓰이던걸요."

여러분이 만약 위에서처럼 자의적인 험담에 맞서 싸웠다면, 큰 성과를 올린 셈이다. 하지만 일상생활에서 이렇게 처신할 수 있는 사람은 극히 드물다. 오히려 상대방의 비아냥거리는 말투를 그대로 답습하기가 훨씬 쉽다. 그 결과 공격과 반격이라는 두 개의 상반된 입장이 서로 엉켜서 잘잘못을 가리기 힘들게 된다.

누군가가 상대방에게 검지손가락을 치켜든다면 이는 아마도 이건 방어지 공격이 아냐. '먼저 시비를 건 사람은 내가 아니니까' 라는 의미일 것이다. 상대편도 이에 질세라, '내가 왜 양보해야 해? 이대로 지고 있지 않을 거야' 이렇게 응수할 것이다. 이 같은 소모전을 피하려면, 객관성 없는 비난을 듣는 순간 곧바로 현명한 답변을 했어야 옳았다. 하지만 가치 없는 비판을 무시해 버릴 수만 있어도, 이미 여러분은 승리자다.

그렇다면 이제 황당한 비판의 나머지 한 가지를 함께 생각해 보자. 이번에는 순전히 사적인 일에 타인이 개입하려고 들 경우 우리의 대처 요령이다. 상대방이 자신과 전혀 무관한 일에 끼어들어 비난을 퍼부을 경우, 어떻게 하는 게 옳을까? 당사자가 원하지도 또한 필요로 하지도 않는 비판이라면 말이다.

간섭을 참을 수 없다면

하는 일마다 간섭받는 건 누구라도 원치 않을 것이다.
심지어 어린아이들조차 자기 고유의 영역을 지키려고 한다.

우리는 자신이 하는 일의 가치를 일일이 평가할 수는 없다. 그리고 우리의 삶 속에는 타인과 무관한 영역이 있기 마련이다. 예를 들어 아침에 샤워를 하건 말건 빵에 치즈를 얹어서 먹든 말든 그건 순전히 개인적인 문제다. 이런 문제로 누군가에게 조언을 구하지는 않는다. 이곳은 한마디로 무장 해제 구역이니까.

사적인 영역에 선을 긋는 데는 일정한 원칙이 없다. 상대방과의 관계에 따라 유연성을 갖기 때문인데, 예컨대 대상이 함께 사는 사람이거나 오래 사귄 친구라고 가정해 보자. 이런 경우 상대적으로 가까운 사이이기 때문에 소소한 일에 간섭하는 것쯤이야 흔히 있는 일이다. 향수나 스킨 샤워를 바꿔보라거나 부엌칼로 손톱 밑을 파지 말라거나, 뭐 이런 식의 핀잔 말이다.

하지만 아무리 절친한 사이라고 해도 정도가 있는 법이다. '우리가 너랑 상관없는 일'이라고 말하는 일들이 그것인데, 이 말은 내 일은 내가 알아서 하고 싶다는 욕구의 표출이다. 하는 일마다 간섭받는 건 누구라도 원치 않을 것이다. 심지어 어린아이들조차 자기 고유의 영역을 지키려고 한다. 잠자리에 들 때 어떤 인형을 안고 잘지, 유치원에 갈 때 어떤 치마를 입고 갈지 또는 삶은 감자를 으깨어 먹을지 파서 먹을지를.

지나친 간섭을 피하려면

비판이 너무 멀리 나가서 지나치다는 생각이 들면 이것은 이미 한계선을
넘어섰다는 표시다. 대형 정지 신호판을 치켜들어라. 그리고 지속적으로 이건 내 문제니까
얘깃거리가 못 된다는 신호를 보내라.

설득력 있는 비난이냐 정도가 지나친 간섭이냐가 문제라고? 결국
우리는 자신의 감각을 믿는 수밖에 없다. 비판이 너무 멀리 나가서
지나치다는 생각이 들면 이것은 이미 한계선을 넘어섰다는 표시다.
부모 자식 사이에 이렇게 한계선을 놓고 투쟁을 벌이는 일은 실제로
흔히 일어난다.

어느 날 엄마가 다 자란 딸의 집을 방문해서 함께 상을 차린다고
가정해 보자. 엄마는 딸에게 그릇 정리를 놓고 잔소리를 시작한다.
"얘, 칼이랑 포크를 여기 이 선반 위에 올려놓으면 훨씬 실용적이지
않겠니? 찻잔도 네 키에 비해 너무 높이 올려놓았더라. 내려놓고 쓰

는 게 훨씬 낫지." 유용한 비판인지 간섭인지 구별할 수 있겠냐고? 그 판단은 전적으로 딸이 받는 느낌에 달려 있다. 엄마의 잔소리가 지나치다고 생각할 수도 있고, 아니면 엄마의 충고가 맞다고 생각하고 흔쾌히 받아들일 수도 있다

역으로 성인이 된 자식이 부모의 인생을 간섭하기도 한다. "아빠, 그러시면 안 돼요. 연금을 받는 연세라고 온종일 집에만 앉아 계시면 어떡해요? 소일거리를 찾아보세요. 그리고 늙지 않으려면 몸을 움직이는 게 최선이에요. 엄마 아빠, 사교 춤 한번 배워보시면 어때요? 예전에 두 분이 곧잘 춤추러 다니곤 하셨잖아요."

도를 넘는 이런 간섭들은 대부분 좋은 의도에서 비롯된다. 자신이 가장 아끼고 사랑하는 사람을 챙겨주고 싶은 마음에서 그리고 그 사람이 행복하기를 진심으로 바라는 마음에서. 이런 취지로 우리는 상대방의 결정을 타박하고 자신의 잣대로 상대방의 인생을 재려고 든다. 다른 사람의 일에 참견하는 데는 내가 더 잘 안다라는 심리가 다분히 작용하고 있다. '널 도와줄 사람은 나밖에 없어'라는 생각과 함께.

누군가의 비판이 간섭인지 아닌지 확신이 서지 않는다면, 느낌이 가는 대로 따르자. 간섭을 막기 위해서 어떤 말을 해야 할지는 상대

가 누구인가, 다시 말해서 가족이냐 이웃이냐 아니면 직장 동료냐에 따라 달라진다. 대개의 경우 간단히 무시해 버리면 된다. 아니면 '아, 그래! 그렇지!' 정도로 자신의 생각을 전달해도 좋다. 여러 말 할 필요 없이 듣고 잊어버리라는 얘기다.

하지만 그 대상이 여러분에게 중요한 의미를 갖는 사람, 즉 배우자나 부모 또는 가장 친한 친구일 경우 상황은 달라진다. 이때는 확실한 태도를 보일 필요가 있다. 상대방이 한계선을 넘을 때 그 점을 인식시켜라. 이를 위해서 구태여 극적인 상황을 연출할 필요는 없다. 간단한 말 몇 마디로 해결되는 경우가 더 많다.

이해를 돕기 위해서 구체적인 사례를 들어보겠다. 앞서 잠깐 언급한 엄마와 딸의 경우로 돌아가보자. 엄마는 식사 도구나 찻잔을 싱크대에 넣어두는 것이 얼마나 비실용적인지를 설명한다. 이때 딸이 엄마의 말을 참견으로 받아들였다고 가정해 보자. 그렇다면 말다툼을 하지 않고 엄마의 잔소리를 멈추게 할 묘안은 없을까?

무엇보다 차분하고 친절한 말투로 얘기하는 게 중요하다. "엄마, 엄마는 부엌 정리 정돈을 다시 하라고 하시는데, 전 이 상태가 딱 좋아요. 그대로 둘래요." 이런 정도의 간단한 말 몇 마디면 엄마의 간섭을 막기에 충분하다. 그리고 이제 엄마가 "알았다. 네 살림이지 내

살림이니?" 하고 말한다면, 웃으면서 "맞아요!" 하고 대꾸하면 상황은 끝난다.

하지만 이렇게 명쾌하게 마무리되는 상황만 있으라는 법은 없다. 이제 엄마가 순순히 양보하지 않고 계속 자기 주장을 고집할 경우를 가정해 보자. "그렇지만 자주 쓰는 물건은 손이 닿는 곳에 두는 게 원칙이야. 넌 그런 생각은 하지도 못했지? 큰 접시들을 싱크대 맨 위 칸으로 올리고 이 자리에 찻잔을 놓고 쓰면 좀 좋니." 이제 한계선을 그을 때가 왔다. 좋은 말로 해결되지 않는다면, 대형 정지 신호판을 치켜들어라. 이때 역시 공손한 말씨를 잊지 말아라. 참견 중 열에 아홉은 좋은 뜻에서 비롯된다는 사실을 기억하자. 그런 참견도 신경에 거슬리기는 마찬가지지만.

이 경우에도 공격적이고 무례한 언행은 바람직하지 않다. 자신의 입장을 좀더 분명히 밝히는 것으로 충분하다. 이제 딸은 엄마의 눈을 바라보며 단호한 어조로 이렇게 말하면 된다. "엄마, 부엌 정리를 어떻게 하든 순전히 제 문제예요. 엄마 말이 맞다는 걸 저도 알아요. 엄마 마음에 안 드실지 모르지만 전 그냥 이대로 둘래요." 명쾌한 표현이다. 그래도 엄마가 자신의 뜻을 굽히지 않는다면, 어조를 바꿔가며 같은 말을 되풀이하되 흥분할 필요는 없다. 엄마가 자신의 의견이 받아들여지지 않는다는 사실을 깨달을 때까지 쉬지 말고 정지판을 높이 치켜들어라. 경우에 따라서 상황이 종료되기까지 많은 시간이 걸릴 수도 있다.

자신의 문제에 타인이 참견하지 못하도록 하는 좋은 방법을 하나 공개하겠다. 상대편의 말을 무심하게 들어라. 그리고 지속적으로 이건 내 문제니까 얘깃거리가 못 된다는 신호를 보내라.

위의 경우라면 그릇 위치를 놓고 티격태격하지 않는 게 그 해결책이다. 세세한 부분을 두고 얘기를 시작하면, 이미 상대방의 간섭을 받아들이고 있다는 의미가 된다.

이제까지 비판을 받을 때 겪는 고충을 주로 살펴보았다. 이제 마지막으로 비판받는 즐거움을 이야기하고 싶다. 누군가가 던져준 따끔한 한마디가 횡재처럼 여겨지는 경험에 대해서. 유익한 피드백은 우리의 삶과, 특히 우리의 일을 훨씬 경쾌하게 만들 수 있기 때문이다.

지/나/친/ 간/섭/을/ 피/하/는/ 방/법

■ 상대편의 말이 지나치다는 느낌이 드는지 생각해 보자. 그리고 자신의 느낌을 진지하게 받아들여라. 이런 경우 간섭이라고 보는 편이 맞다.

■ 상대방에게 자신이 어떤 결정을 했는지 밝히자. 악의 없는 단순한 참견이라면 간단히 해결할 수 있다. 이렇게 대답하라. "무슨 말인지 알겠어. 한번 생각해 볼게", "유념하고 있을게" 아니면 아주 짧게 "아, 그래!"

■ 비판 내용에 대해 토론을 벌이지 말자. 반론이나 언쟁은 피하되, 상대방이 지적한 사항을 자신에게 적용시킬 의사가 없음을 분명히 하라.

■ 상대방이 순순히 물러서지 않는다면, 좀더 강경한 태도를 취하자. 공격적이지 않으면서도 단호한 어조로 이렇게 말하라. "충고는 고맙지만 이건 전적으로 내 문제니까 내가 알아서 할게", "생각의 차이겠지. 어쨌든 내가 맞다고 생각하는 대로 할래", "당신이 제 입장이라면 완전히 딴소리를 했을지도 몰라요. 어쨌든 당신은 제가 아니니까요."

■상대방이 자신의 주장을 굽히지 않을 뿐 아니라 계속 간섭하려고 들 경우, 똑같이 강하게 맞서자. 이제 냉정하고 완강한 쪽으로 태도를 바꿔서 상대편이 포기할 때까지 이런 말을 되풀이하라. "고맙지만 됐으니까 간섭하지 마."

해피엔딩! 비판? 겁날 것 없다

상대방의 얘기를 들으면서 휘말려 들지 말자. 발 앞에 던져진 신발을
모조리 신어야 한다는 법은 없다. 상대방의 말을 들으면서 싸우자고 덤빌 필요도 역시 없다.
그저 자신감 있고 침착한 태도를 유지하면 된다.

누군가의 피드백이 값진 선물이 될 수 있다. 자신의 제품이나 서비스로 평가받는 직종에 종사할 경우 특히 그렇다. 이럴 경우 우리에겐 구매자나 고객, 협력업체의 비판이 필요하다. 이런 피드백이 없다면 상대방의 생각을 어떻게 알 수 있겠는가? 우리의 제품이나 서비스가 상대방의 욕구를 충족시켰는지 또는 더 분발해야 할지를, 부족한 점은 없는지 또는 한쪽으로 지나치게 치우치지는 않았는지를 말이다. 여기에 대해 길게 생각하거나 추론하지 말라. 구매자에게 직접 물어보는 건 어떨까? 유용성에 한해서는 전문가일 테니 어떤 것이 쓸모 있고 없는지 잘 알고 있을 것이다. 자, 그러니 비판을 받

아들일 마음의 준비를 하자.

외부로부터 피드백을 받는다면, 편협한 직업적 매너리즘에 빠지지 않도록 자신을 관리할 수 있다. 동시에 자신의 일을 다른 시각으로 바라볼 수 있다는 이점도 있다. 즉 제품을 사용하거나 서비스를 받는 사람의 눈으로 말이다.

커뮤니케이션 트레이너라는 내 직업에도 가끔 비판이 필요하다. 2, 3일에 걸친 세미나가 끝나면 모든 참석자는 자신들이 배운 내용에 열광적인 반응을 보였고, 각자 자기 그룹의 분위기에 매료되어 있었다.

참석자들은 한결같이 세미나가 환상적이었다는 얘기만 늘어놓을 뿐 비판을 하는 이는 없었다. 하지만 나는 이것으로 만족할 수 없었다. 나 역시 세미나가 잘 마무리된 정도는 알고 있었지만 구체적으로 어떤 점이 좋았는지 정확히 알지 못했다. 참가자들로부터 정보를 얻어낼 필요가 있었다. 그래서 나는 대답을 유도해 보기로 했다.

한 그룹에게 이렇게 물었다. 정확하게 어떤 점이 마음에 들던가요? 참가자들은 세미나의 여러 부분을 언급했다. 이때 나는 그들이 얘기하지 않은 부분에 주목했다. 보다 정확한 내용을 알아내기 위해서 질문을 계속했다. "다음 번 세미나를 열 때 생략하거나 내용을 축

소할 만한 부분이 있던가요?"

이 질문에 참가자들은 잠시 생각에 잠겼다. 이제 상황은 흥미진진해졌다. 주저하면서 나온 답변은 이랬다. "네, 있어요. 커뮤니케이션이 갖는 효과에 대한 일반론적인 설명을 좀 줄이면 좋을 것 같아요. 역할극으로 시범을 보인 다음에야 그 내용을 이해할 수 있었거든요. 역할극은 정말이지 최고였어요."

나는 주위를 둘러보았다. 대부분 고개를 끄덕이고 있었다. 이번에는 또 다른 참가자가 말을 꺼냈다. "저도요, 실습 부분이 훨씬 좋았어요."

놀라지 않을 수 없었다. 나는 이 짧은 강의가 이번 세미나의 하이라이트라고 믿고 있었다. 원고 준비에만 며칠이 걸렸는지 모른다. 그런데 그 강연이 내 예상과는 달리 참가자들에게는 그다지 감동적이지 못했던 것이다.

보조 수단이라고 생각했던 역할극이 오히려 그들의 관심을 끌었다 나는 이 피드백을 따르기로 했다. 다음 세미나부터는 같은 실수를 두 번 반복하는 일은 일어나지 않았다.

세미나나 강연을 마친 후 수렴한 비판을 참고로 해서 나는 참가자들에게 보다 실질적인 도움을 주는 방향으로 내 작업을 수정해 나갔다. 그 결과 나의 강연은 늘 호평을 받았고, 강연 청탁도 끊이지 않았다. 기업체가 단체로 세미나에 참석하기도 했고, 정기적으로 참가하는 사람까지 생기게 되었다. 노력이 전부는 아니다. 비판이야말로 일의 성공을 위해서 가장 중요한 요소 중의 하나다.

때때로 우리들은 충분한 노력을 기울여서 흠잡을 데 없이 일을 마무리하고 나면 그것으로 끝이라고 믿는다. 말하자면 어떤 비판도 안중에 두지 않는다는 얘기다.

하지만 현실은 다를 수 있다. 엄청난 노력을 쏟아 부은 일이 생각과는 달리 다른 사람에게는 큰 도움이 되지 못하는 경우가 생기기 때문이다. 노력이나 완벽한 일 처리가 바로 성공을 의미하지는 않는다. 일과 관련된 사람들(여기에는 자신의 상관이나 사장도 속한다)의 피드백을 거침으로써 비로소 최상의 수준으로 마무리된다.

여러분이 더 이상 비판을 겁내지 않는다면, 다른 사람에게 피드백을 부탁하는 일이 훨씬 수월해질 것이다. 상대방의 피드백에서 어떤 부분을 취해서 참고로 삼을지는 전적으로 여러분 자신이 결정할 일이다.

마지막으로 주변 사람들에게 피드백을 청하는 아주 간단한 전략을 여러분에게 공개할까 한다.

사람들에게 피드백을 부탁할 때 우선 다음 두 가지 점을 명심해야 한다. 첫째, 상대방이 피드백을 줄 수 없거나 또는 그럴 의사가 없을 수 있다는 점이다. 물론 상대방이 피드백을 줄 필요를 못 느끼는 경우도 이에 해당된다. 어느 경우든 그건 당사자 마음에 달려 있다. 여러분의 일에 대해 언급해 줄 것을 상대방에게 일방적으로 요구하지 말자.

둘째, 상대방이 간단하게 수정할 수 없는 사안을 문젯거리로 삼는 일이 더러 있다. 이럴 경우, 대화 도중 어떤 약조도 섣불리하지 않는 것이 현명하다. 지적 받은 사항을 수정할지 말지를 결정하기 위해서 잠시 생각할 시간을 갖는 것이 보다 바람직하다. 우선 여러 의견을 수렴한 다음, 천천히 시간을 갖고 이 중에서 취해야 할 것들을 골라내는 것이야말로 최상의 방법이다.

비판에 대한 두려움을 벗어버렸으니, 이제 여러분은 다른 사람들과 거리낌 없이 서로 의견을 주고받을 수 있다.

상대방의 얘기를 들으면서 휘말려 들지 말자. 발 앞에 던져진 신발을 모조리 신어야 한다는 법은 없다. 상대방의 말을 들으면서 싸우자고 덤빌 필요도 역시 없다. 그저 자신감 있고 침착한 태도를 유지하면 된다.

물론 흠 잡힐 거리는 늘 있기 마련이다. 우리 모두 완전할 수는 없다. 하지만 유용한 비판은 개인적으로 성장할 수 있는 기회인 동시에 일 처리에 실질적인 도움으로 작용한다. 나는 여러분이 될 수 있는 한 많은 피드백을 얻고, 이를 통해서 더욱 자신을 풍부하게 만들 수 있기를 기대한다. 또한 진심으로 여러분의 건투를 빈다

주/위/ 사/람/들/에/게/
유/용/한/ 피/드/백/을 청/하/는/ 방/법

■ 상대방과 관련된 일이 마무리된 뒤, 적절한 시기를 골라서 상대방의 의견을 물어보자.

■ 상대방에게 생각을 정리할 시간을 주자.

■ 정말 환상적이다, 좋다, 훌륭하다 식의 일반론적이고 일상적인 말들은 도움이 되지 못한다. 이런 답변을 들었다면, 그렇게 말한 이유를 되물어라. 즉 정확한 설명을 부탁하자.

■ 자신의 업무나 제품을 보다 향상시킬 방법에 대한 상대의 의견을 이끌어낼 수 있도록 대화를 유도하라. 예를 들어 "당신이 제 입장이라면 어떤 점을 개선하시겠어요?", "그 일(제품)을 좀더 성공적으로(쓸모 있게, 강력하게, 크게 등등) 만들려면 어떤 방법이 있을까요?" 이런 식의 질문을 던져보자.

■ 상대방이 언급하지 않은 부분에 주목하라. 그리고 이 점을 집중적으로 물어보자.

■ 상대방의 얘기에 감사의 뜻을 표하자. 하지만 이것은 각자의 개인 의견이라는 점을 잊지
말자. 따라서 객관적인 도움을 얻으려면, 여러 사람의 의견을 들어보는 것이 바람직하다.

단순함은 미덕인가?

이런 뜬금 없는 질문에 대한 나의 대답은 '그렇다' 이다.

여느 경우와 마찬가지로 사안에 따라서, 정도에 따라서 달라질 테지만 원칙적으로는 그렇다는 말이다. 그리고 이 책이 갖는 최대의 장점 역시 단순함, 즉 단순함이 낳은 추진력과 설득력이다.

저자는 커뮤니케이션 전문가다.

쉽게 말해서 사람과 사람 사이의 의사 소통 방법을 연구하고 그 연구 결과를 이용해서 타인과의 소통에 어려움을 겪는 사람들에게 직접적인 도움을 주는 그런 일을 하고 있다. 따라서 그의 주된 관심은 객관적이고 도 효율적으로 자신의 의견을 전달하는 방법이다. 여기에 우리의 심리 상태나 인생관과 같은 말하자면, 정신이나 영혼에 관련된 고차원적이고 원론적인 담론이 끼어들 자리는 없는 것 같다. 저자가 그 가치를 모르거나 평가 절하하기 때문은 아닐 것이다. 이는 저자에게서 소위 제대로 된 '소통 방법'을 한 수 배우려는 사람들이 각자 해결해야 할 개인적인 문제일 것이며, 결국 이 같은 개별성이 자신이 배운 방법을 적용하는 과정에서 무수한 변수를 낳게 될 것이다.

저자는 독일에서 이 분야의 일인자답게 수많은 세미나를 개최하면서 그 내용을 책으로 엮어서 일반인에게 소개하는 일을 꾸준히 하고 있다.

저자의 많은 저서 중 여기서 소개하는 『비판의 기술』은 말 그대로 비판을 주제로 삼았다. 상당히 예민한 부분이면서 또한 많은 이들을 딜레마에 빠뜨리는 '비판' 이라는 주제를 저자는 크게 세 가지로 나누어서 풀어나간다. 「남을 비판하는 기술」, 「내 자신을 비판하는 기술」, 「남의 비판을 소화하는 기술」이 그것이다. 이 세 개의 소주제는 저자의 말대로 서로 유기적으로 연계되어 있어서 세 장이 모두 모여야 하나의 완전한 이야기가 구성된다. 예를 들어, 남을 비판하는 데 어려움이 있는 사람은 비판을 받아들일 때도 마찬가지로 어려움을 겪는다. 이런 경우 그 이면을 들어다 보면 냉혹한 자기 비판에 시달리고 있는 경우가 허다하기 때문이다.

작가는 이 같은 커다란 주제들을 다시 세세하게 나누어서 시종일관 재치 있고도 명쾌한 입담으로 끌고 나간다. 그리고 읽는 이의 이해를 돕기 위해서 각각의 내용 중 주의해야 할 점, 해서는 안 되거나 꼭 해야 하는 말과 행동들을 마치 공식처럼 정리해 놓았다. 중간에 삽입된 여러 가지 사례나 경험담 역시 저자의 설명을 이해하는 데 한몫 거들고 있다.

이 책을 손에 잡은 이들은 분명 자신의 말과 행동에서 문제점을 발견하고 이를 구체적으로 개선하고 싶은 의지를 갖고 있는 사람들일 것이다. 그리고 말이 곧 그 사람이라는 단순한 진리를 믿는다면, 마음을 비우고 저자가 제시하는 방법들을 빠짐없이 실천해 보기 바란다. 오늘 아침 간발의 차이로 놓친 출근 버스나 며칠 전 아깝게 놓쳐버린 콘서트보다, 잘못된 말 습관으로 놓쳐버린 기회와 친구와 마음의 평화를 더 아쉬워할 줄 아는 그대라면…….

2003년 10월 이혜원